# 熱砂の相剋

〜獅子は竜と天を巡る〜

戸田環紀

illustration: 小山田あみ

# 熱砂の相剋

～獅子は竜と天を巡る～

砂嵐が迫ってきている。
普段は見える月も砂塵《さじん》と闇に巻かれて見えない。
嫌な夜だ。
嫌な砂漠の夜だ。
だが、普通の人間にとって嫌な砂漠の夜は、ミフルにとっては稼ぎ時だ。
砂嵐が通ってきたところに、人が倒れているのがミフルには分かる。
生きている人間の匂いがする。
「ミシャカ、行くぞ」
半跏《はんか》の姿勢で跨《また》がった獅子《しし》に言うと、獅子が応えて喉を鳴らした。

横たわり、両手を後ろに縛られた男を前に、椅子に座ったミフルはフードを深く被《かぶ》り直した。目隠しをしているので見られることはないだろうが、用心するに越したことはない。

「う……ん」

男が呻《うめ》き声を漏らす。砂漠から連れて来て、水を含ませたときも起きなかったが、ようやく目覚めたのだろう。

「起きたか」

「へっ？」

男が完全に覚醒するのを待たずに話しかけた。どうせすぐに起きる。

「男、お前は砂漠で倒れていた。対価を出せるなら都まで連れて行く。出せないなら別のところに連れて行く」

ミフルの隣で獅子が唸《うな》ると、男は体を起こしたが、勢い余ってまた転がった。そのまま起きることなく、芋虫のように身をくねらせ、少しでもミフルから遠ざかろうと足をばたつかせる。

「まっ……魔獣《まじゅう》使いっ」

その言葉には聞き飽きていて、少々嫌気が差す。互いのためにもさっさと終わらせよう。

「早く答えろ。もうすぐ夜が明ける。対価が出せないなら別のところに運ぶだけだ」

面白くはなかったが「魔獣使い」というのを否定せずに急《せ》かすと、男は布を巻いた頭を床にこすりつけて懇願した。

「都に帰してもらえるなら金貨でも絨毯《じゅうたん》でもお望みのものを差し上げます！　ですからどうか命だけ

は……！」

男の体に巻かれた熱砂避《よ》けの布はミフルのものとよく似ている。しかし、その下の刺繍《ししゅう》が施された衣服は、ミフルの質素な服とは違う。

身なりからして豊かな商人だ。対価を払ったところで家は傾くまい。

「分かった。お前が出せるだけの金貨で手を打とう。ではこれより都に行く。精々大人しく獣の背中に乗っているんだな」

立ち上がり、革の編み上げ靴で裾をさばきながら近づいて行くと、男が背中を丸めて悲鳴を上げた。男が震えているのも構わず、獅子のミシャカに腹ばいの姿勢で乗せ、その後ろにミフルも右膝を曲げて座る。

家から空の下に出ると、目の前の澄んだ小池に三日月が映っていた。

駱駝《らくだ》であれば三日かかる道も、巨獣化したミシャカにかかればものの二時間だ。

男に目隠しをしたのは姿を見られたくなかったからだが、こうして走ったときに風圧から目を守るためでもあった。人目につかないよう迂回《うかい》していてこの速さだ。ミシャカが全力で都を目指したなら男の体は耐えられないだろう。

砂漠を越え、森林地帯を抜け、天頂の平らな山の間を飛ぶように走る。民が耕す田畑を過ぎたら間もなく都が現れる。

キルス大陸は東西に長く、その西に位置するアルダシールは山岳国であり海洋国だ。

大陸の中心部に砂漠が広がっているが、王国一帯には豊かな四季があり、葡萄《ぶどう》などの果樹も育てば大地を潤す大河もある。国の西端の入り組んだ海岸線は港に適していて、対岸のカヴェ半島との船舶《せんぱく》を使った交易も盛んだ。

夜明け前の今は闇に覆われているが、じきに見えてくる春の景色は大層美しい。

王都エステルの高い城壁が近づくにつれ、ミシャカは少しずつ体の大きさを戻していった。

そろそろミシャカを隠さなくてはいけない。遠くの草原に普通の獅子がいるとはいえ、全身金赤色のミシャカは目立つし、それ以前に都近くに獅子がいたら大騒ぎになってしまう。

それはミシャカも心得ていて、まだ暗いうちに目当ての木蔭《かげ》に辿《たど》り着いた。

ミフルはミシャカから降り、乱れてしまった金赤色の髪——ミシャカと同じ——をフードのうちにしまい、男をミシャカの背から降ろした。

「城壁の近くに着いた。これから縄と目隠しを取る。家に行ったらすぐに門の外に金貨を投げろ。下手な気は起こすな。絶対に振り返るな」

ミシャカを唸らせると男は何度も頷《うなず》いた。その間にミシャカが猫ほどの大きさになり、ミフルの懐《ふところ》に潜り込む。

縄と目隠しを取られ、覚束《おぼつか》ない足取りで城門へ向かう男のあとをついて行くと、ちらほらと人の姿が見えてきた。

門の両脇に鎮座し、都を守っているのは巨大な竜と鳳凰《ほうおう》の霊獣像だ。その前に着いたときには空が明るくなっていて、検問を受けるために既に数人が列をなしていた。

ミフルも列に並び、霊獣像を見上げていると、嫌でも王家神話が頭に浮かんでくる。

よくある天子降臨神話だが、三千年以上も脈々と信じられているのはこの国くらいのものだろう。

正確には三〇二三年前、天から地に降りて来たのは鹿に似ているという霊獣、天麟《てんりん》。その背に乗っていた男子が王家の始祖《しそ》であり、よって王家は神に定められし国の君主というわけだ。

天の神は更に、火、光、昼を司る鳳凰と、水、闇、夜を司る竜を遣わし、その二体を天麟が歩く道、すなわち天道を祓《はら》い清める守護獣とした。

祓い清めるなどと格好をつけているが、実際にはいわゆる王家の保安隊で、強いだろうになぜ天麟自ら闘わないのかといえば、天麟は争いを好まず、天地の均衡、和平を司る霊獣だからだそうだ。笑える。

列の前方からミフルが連れて来た男の声が聞こえる。男は守衛の前で自分の体を探り、慌てたように何かを訴えた。

都に入るための許可証がないのだろう。砂漠で気絶していたとき、服の砂を払うためにミフルも少し触ったが、男が何かを持っているような感触はなかった。だが、男のように砂嵐に巻かれたり、盗賊に襲われたりすることもあるため、砂漠ではぐれた者の名前は通常役場に届けられる。男の届け出もされていたようで、簡単なやり取りのみで男は中へと入って行った。

ミフルの番が来た。男を見失わないよう目の端に入れながら、ミフルは懐から許可証を取り出した。

何度経験してもこの瞬間だけは緊張するが、守衛はミフルを一瞥《いちべつ》しただけで、難なく許可証をミフルに返す。

許可証に書かれている名前も出身地もミフルのものではない。用意したのがミフルではないのでこれが誰のものなのか分からないが、いずれにせよよくできた偽物だ。

ミフルはこの国から追放された身だ。都はおろか、本来なら砂漠にある国境を越えることさえ許されない。

それでもためらわず門をくぐる。

違法？　知ったことか。

ミフルはまだここに用がある。

まだこの国でしぶとく生きて、しなければならないことがある。

男は城門から幾分離れた商家に入った。豊かな商人だと思ったとおり、随分大きな屋敷だ。

一分もしないうちに門の外に投げられた麻袋を、ミフルはごくさりげなく拾って自分の懐に入れた。服には許可証を入れるための縫い取りがしてあるが、麻袋は丸まったミシャカが腹に抱える。

獅子の腹の上で、小石ではなく、硬貨がぶつかる音に胸を撫《な》で下ろした。

ミシャカを唸らすこともせず「怖くないから」と相手を宥《なだ》めながら連れて来ていたときは、何度も硬貨ではなく石の入った袋を投げられた。

やはり目隠しをしていたし、それを取られないために手を縛っていたから仕方がなかったかもしれないが、それでもと思う。

ミシャカの背中で震える人間を見るのは気分が悪い。けれど、ミフルは石を食べて生きているわけでも、善意でこんなことをしているわけでもない。

「買いものをして早く帰ろう」

胸に向かって呟《つぶや》くと、ミシャカは無邪気に笑い、麻袋の口を開いて中をミフルに見せた。

ミフルの稼ぎに違いないが、やはりミシャカの働きと言うべきだろう。見ると、思った以上に金貨が入っていて、男が約束を違《たが》えなかったことに感謝をした。

山に豊富にある石で造られた豪壮な屋敷、街路に並ぶヤシの木。輝石《きせき》にも恵まれたアルダシールの都は栄えており、市場は早朝から賑《にぎ》わっていた。

ミフルは米と塩、干し肉と数種類の野菜を買ったあと、熱に効くという薬と子供用の靴を買った。少々値が張ったが、露店に出ていた本も買う。

「本当にあの恐ろしさといったら！」

聞き覚えのある声が聞こえてきたのは、商家の前を通ったときだった。

「噂《うわさ》どおりだったよ。男？　ああ、魔物みたいな男だったよ！　魔獣使いのやつ、私の手を縛って、こう、目隠しをして、金を払わなければ食ってやるぞと脅してきた！　本当に生きて帰って来られたのが奇跡だよ。まったく、とんでもない大悪党がいたもんだ」

大袈裟《おおげさ》な台詞《せりふ》に鼻白む。

屋敷で捲《まく》し立てているのは先ほど連れて来た男だが、あのまま砂漠で倒れていたら、間違いなく死んでいたという事実は男の頭から抜け落ちている。

対価をもらってしていることだ。ミフルのほうにも「助けた」という意識はない。けれど、生きて都に戻れたのが「奇跡」というのはどうなのか。

やり方が荒かったのは認めるが、ミフルは約束したから男を都に連れて来た。これまでだって、その者たちが覚えているかは怪しいが、対価を出せない者でも近くのオアシスまでは連れて来ていた。

だがもう何を言われたところで心は動かない。

これがいつもの反応だからだ。

人は得よりも損を、感謝よりも恨みを強く覚えている。

今に始まったことではない。

「ミシャカ、水飲むか？」

なんだか喉が渇いた。

「ウヌ」

直接言葉を交わさず、またどれだけ距離があってもミシャカとは意思疎通ができるが、たまにこうしてミシャカは鼻声で返事をしてくれる。

商家から離れた路上で、腰の水袋を取ってミシャカに向けると、ミシャカは両手で飲み口を持ち、まるで赤子のように飲んだ。

可愛《かわい》い、と素直に思ったが、こうしてミシャカを愛《いと》しく思えることが、感慨深くもある。

「イザーク様！　イザーク様のお戻りだ！」

そのとき、通りから突然聞こえてきた声に、うっかり水袋を落としそうになった。

ミフルは慌てて水袋の口を閉めると、一斉に沸き始めた民を横目に、急いで建物の陰《かげ》に身を隠し、布の上からミシャカを抱いた。

ミフルが会いたくない人間は何人もいるが、誰よりも会いたくないのはイザークだ。

イザーク・カーレーン。

このアルダシール王国の、大霊獣宰相《さいしょう》。

「見てみろ、イザーク様の勇姿ときたら。魔物討伐の帰りだってのに傷一つついちゃいない」

「夜中にお一人で砂漠の盗賊退治をしてらっしゃるんだろ？　イザーク様があの魔獣使いの野郎を仕留めるのもそろそろかな」

何頭もの馬が闊歩《かっぽ》して来るのが聞こえる。一直線の通りの先には林に囲まれた丘陵《きゅうりょう》があり、その頂《いただき》には王侯貴族が住む巨石宮殿が並んでいた。

布を鼻まで引き上げ、フードの下から見据えていると、十人の鷲《わし》使いを従えたイザークが黒馬に乗ってやって来る。肩に鷲を乗せた部隊も、大宰相イザークも、馬の上で右足を曲げた半跏の姿勢だ。

王族のように手を振りはしないが、イザークが微笑《ほほえ》んだだけで、大人も子供も歓声を上げ、諸手を挙げて喜んだ。

なめらかな筋肉に覆われた体軀《たいく》。鎖骨で毛先が揺らぐ、緩やかにうねる艶やかな黒髪。くっきりとした二重瞼《まぶた》も、思慮深げな黒い瞳も、イザーク・カーレーンほど美しく強く形作られた者はいない。

そして、彼の後ろには、何よりもイザークの美しさを証明するものが浮かんでいる。

「本当に……今日も惚《ほ》れ惚《ぼ》れするお顔と霊獣様だねえ」

声が聞こえたかのように、イザークの後ろの竜がしなやかに体を動かす。ミシャカと同じようにあの竜も大きさを変えられるが、今は馬の半分ほどの大きさになっており、動くたびに青い鱗《うろこ》が朝日を

映して照り輝いた。姿形が端整すぎて、古傷なのだろう、尾の先が潰れているのが不思議に思えるほどだ。

イザークと同じ黒い瞳や、立派な角、髭《ひげ》の凛々《りり》しさだけでは説明できない、静嘉《せいか》な神々しさがイザークの竜にはある。

イザークの竜。

それは、すなわち、イザークの魂そのものだ。

アルダシールでは、魂が目に見えない「普通の人間」に対し、魂が霊獣という形で目に見える者たちのことを「霊獣使」と呼んでいる。そして、神話を信じるならばそれが生まれたのは、天麟を守るために竜と鳳凰が地に遣わされたときに遡《さかのぼ》る。

竜と鳳凰は、人々の中から自らの霊格に合った者に自分の血を飲ませ、天から降りて来た王家を守る者として、これを「霊獣使」と定めて己の依《よ》り代《しろ》とした。

以後、彼らの血を受け継いだ者は、霊獣の卵である霊玉を持って生まれてくるようになり、それが今日の、王の守護者であり代弁者である左宰相家《ささいしょうけ》カーレーン家と、右宰相家《うさいしょうけ》スーレーン家の始まりだと言われている。

イザークは、二十八歳にして竜の霊獣使である左宰相家の長《おさ》だ。

三年前、イザークの父が戦傷により死んだことで、長子のイザークが家督を継いだ。

見目好《よ》く、政治手腕に長《た》けているイザークの人気は絶大だ。灌漑《かんがい》の完成や通貨の安定の功績によるところが大きいが、貢納品を横領した領主への刑罰を重くしたことで民からの人気を確たるものにした。己の竜を駆使した盗賊、魔物討伐においても右に出る者はなく、昨年、海峡で暴れていた賊を一掃し、カヴェ半島との交易を活性化させたことはミフルの耳にも新しい。

目覚ましい活躍。華やかな経歴。

どれもミフルには関係ないことだ。

ミフルに気づくことなく、イザークの一行が通り過ぎて行く。ミフルは荷袋を持ち直すと、沸き立つ人々の間を抜けて城門まで足早に行った。

数いる宰相の長《ちょう》たる大宰相は、左宰相家と右宰相家の者が一人ずつ同時に務めるので、もう一人、イザークとは別に、鳳凰の霊獣使の大宰相がいる。

彼に会わないのは何よりだったと思いながら、ミフルは都をあとにした。


一見なんの変哲もない岩山だが、岩と岩の間を抜けて行くと、奥は開けた平地になっている。

樹木は岩肌を隠して茂っており、季節柄、そのささやかなオアシスには白のクロッカスが咲き始めていた。

陽光を跳ね返している小池の前にあるのがミフルの家だ。煉瓦《れんが》を粘土で固め、白く塗った小屋はミフルが自分で建てたもので、小さく地味だが、三人で暮らすのに不足はないので気に入っていた。

「ミフル！」

家に近づいて行くと、少年が短い癖毛を跳ねさせながら飛び出て来る。ミシャカに抱きついた頰《ほお》は上気しており、大きな瞳はミフルが帰って来た安堵《あんど》で輝いていた。

「おかえりなさい。疲れたでしょ？　水は濾《こ》してあるよ」

ミシャカに頬擦りしながら言う声は得意げだ。子供だ子供だと思っていたが、日に日にできることが増えていく。

ラクシュを見るとミフルもほっとする。帰って来た、と思う。

「ありがとう。ラクシュがいてくれるお蔭で安心して家を空けられる。何も変わりなかったか？　ビザンは？」

しかし、ビザンのことを尋ねた途端、ラクシュの顔から笑顔が消えた。

自分の迂闊《うかつ》さに腹が立つ。十一歳のラクシュから見てもビザンの容態は危ういのだ。答えにくい問いを無闇にするのではなかった。

「靴を買って来た。大きさは合うと思うが」

話を変え、袋から靴を出して差し出すと、受け取ったラクシュはぎこちないながらも笑みを見せた。

「本もある」

彼とは十一年前に砂漠で出会った。彼の母が盗賊に襲われ絶命したとき、偶然居合わせたミフルがまだ赤子だった彼のことを引き取ったのだ。

以来ずっと一緒にいるが、彼にはつらい思いや不便な思いをさせないようにと思ってきた。生きていれば必ず苦難にぶち当たるのだから――既に大きな悲しみを経験したのだから――自分といる間だけでもいい思いをさせてやりたい。

「ありがとう！」

靴をもらったときより嬉《うれ》しそうな顔でラクシュが本を受け取る。好奇心が旺盛なようで、物心がつく頃にはラクシュは一人で本を開いていて、ビザンとミフルに文字を教わってからは、諳《そら》んじてしまうほどに何度も同じ本を読んでいた。幼かったミフルにビザンが揃《そろ》えてくれた本がそれなりにあるが、新しい本を何冊も買い与えてやれないのは心苦しい。

「ラクシュ、もう好きにしていいぞ。ビザンのことは俺が見るから心配するな。遠くへは行くなよ。ミシャカ、ラクシュを頼む」

「ウヌ」

本を読むのも好きだが、ラクシュは体を動かすことも好きだ。成長して自我が芽生えるにつれ、ラクシュは岩山の外にも興味を示し始めた。

「外に出たい」と言う日もそう遠くはないのだろう。

「じゃあ本読むね！」

本を胸に抱えてラクシュが小池に駆けて行くと、その後ろをミシャカが走ってついて行く。ミシャカは水面に顔を近づけ、まず小池の水を一飲みし、それから木蔭に座ったラクシュの隣に身を伏せた。ミシャカが口にするのは水だけだ。その分綺麗《きれい》な水は欠かせない。

ミフルもあとからゆっくりと小池に行くと、背中を流れる金赤色の髪が水に浸るのも構わず顔を洗った。砂が残りやすい目頭や、小鼻の脇、耳の中も丹念に洗いながら、透明な水の中を金色の砂が落ちていくのを見送る。

やがて、波紋が消えた水面に自分の姿が映し出された。

ミフルも毎晩岩山や砂漠を駆けているので、体格はイザークに引けを取らない。肌はイザークよりミフルのほうが若干焼けており、目の下の隈《くま》も幾分色濃く目立っていた。尻に行くに従い細くなる眉のせいか、鋭い目つきのせいか、イザークのような鷹揚《おうよう》な雰囲気はなく、高い鼻筋も細い顎も、ミシャカと同じ琥珀《こはく》色の瞳ですら控えめに言って酷薄そうだ。

イザークよりも。イザークのほうが。

映っているのは自分なのに、際限なくイザークの姿が浮かんでくるので拳《こぶし》で水面を叩《たた》く。

ラクシュが驚いたようにこちらを見たので、首を一振りしてなんでもないと示したが、自分らしくないのは勿論《もちろん》ミフルも自覚していた。

偶然にしろ必然にしろ、イザークを見てしまった日はいつでもこうだ。心が乱れて落ち着かない。彼への感情は複雑すぎて、冷静ではいられなくて、それがミフルを苛立《いらだ》たせる。

イザークの姿が揺らいでいるうちに、立ち上がって家に向かった。

ミフルは食卓に荷袋を置き、椅子の背に纏《まと》っていた布を掛け、ラクシュが濾しておいてくれた水を壺《つぼ》からガラス杯に注いだ。杯と、荷袋から出した薬を手に持ち、奥の部屋へ行く。

「ビザン」

声をかけると、寝台に横たわったビザンがこちらに顔を向けた。

「ミフル」

声から壮年期の闊達《かったつ》さを知ることはできない。絶えず続く喘鳴《ぜいめい》も、血の気のない顔も、すべてがこの老齢の男の終わりが近いことを教えている。老齢といっても、ビザンより十も年上でぴんぴんしている者もいるので、どうして彼がと思わずにいられない。

病は、残酷だ。

元々細身で屈強という印象はなかったが、ビザンには敏捷《びんしょう》に動ける強靱《きょうじん》な筋肉と、その肉体を培ったところの高潔な精神力とが具《そな》わっていた。

食べ方には厳しかったが、腹いっぱい食べさせてくれた。剣の鍛錬をがんばれば、肩車をして走ってくれた。その体と心が幼いミフルを育ててくれたのだ。

「薬を買って来た。これできっとよくなる」

ビザンの口元に杯を持っていくと、彼は考えるように瞳を揺らしてから、頷いて水と薬を飲んだ。薬が高価なせいで、何度か「いらない」と言われていただけに、嬉しいのに悲しくなる。おそらくビザンはミフルがしたいことを最後にさせてくれているのだ。

ああ、本当にもうすぐなのだ。

「ミフル、私は大丈夫だから、ラクシュと一緒にいてやりなさい」

窓の外の枝に何かがとまる。

見ると、鷹《たか》がとまっていて、ちょうどその先にラクシュの背中が見えた。小池の向こうには花壇があり、その下にはラクシュの母親が眠っている。

遊びたい盛りだろうに、同じ子供の姿を本の中でしか見たことがない子供。親の顔を知らず、口数少ないミフルとばかりいるのに、寂しいとは一度も言わなかった子供の背中。

「ラクシュの面倒は、見る」

ミフルが持っている王都の許可証は商人のものだ。六年前、ミフルが二十歳《はたち》のときにビザンが用意してくれたもので、ミフルがしなかった——できなかった——だけで、それがあれば商《あきな》いもできるし、望めば都に住居も持てる。

人一人が暮らすのに、当面困らないだけの金貨は蓄えてある。許可証と金貨、それらをラクシュに渡すことが、ミフルの役目であり責任だ。

ラクシュの面倒は見る。彼が一人で生きていけるようになるまで。

「でも」

間もなくビザンと別れるだろう。あと何年かすればラクシュとも。

そうしたら、自分は、一人で東のトウの国にでも行けばいい。

「でも、もう少しだけ、ここにいさせてくれ」

ビザンが無言で目を閉じる。

窓の外の枝には、鷹が変わらずとまっていた。


神話があくまで神話に過ぎない証拠に、王家の天麟、竜と鳳凰のみならず、実際にはほかの霊獣と霊獣使がおり、彼らは個々の特性を生かして主に宮廷に仕えている。

記憶力と判断力に優れた狐《きつね》は書記官、攻撃力に長けた鷲は防衛隊、従順で忠誠心が強い羚羊《れいよう》は従者か女官といった具合に。

ただ、霊獣使の血筋に生まれたからといって、必ずしも霊獣の卵を持って生まれてくるわけではなく、その傾向は特に、霊獣使と普通の人間の間で子を成した場合に顕著となる。

卵を持たずに生まれた者は、身分を保証されて宮廷仕えもできるが、身体能力が霊獣使と違うために自ら宮廷を去ることもある。残酷なようだが、大型化した鷲に乗って魔物を倒せなければ空の防衛隊には入れないのだ。

また、夫婦の霊獣の種《しゅ》が違う場合、どちらの霊獣が引き継がれるかは卵が孵《かえ》るまで分からないが、いずれかが生まれるならまだしも、両親とは異なる霊獣の子供が突然生まれることもあった。

不貞の場合はさておき、突然変異については諸説あり、神の采配だと言う者もいれば、連綿と続く血脈のなせる業《わざ》だと言う者、そもそも霊獣は霊獣使の魂なのだから、親と違っているのが当然なのだと力説する者もいる。

しかし、説はどこまで行っても説でしかなく、現実的に突然変異の子供を望む者は少ない。

よって、霊玉を持つ子供、特に自分と同じ霊獣の子供を望む者たちは、同じ種の霊獣使同士、とりわけいとこなどの親戚間で結婚することが慣わしとなっていた。

例に漏れず、ミフルの父母もいとこ同士で、二人とも鳳凰の霊獣使だった。

ミフル・スーレーン。

今ではその名を使うこともないが、それがミフルの本当の名だ。

二十六年前、当時から今に至るまでアルダシールの右宰相である父の第一子として、ミフルは期待を双肩に背負ってこの世に生まれ落ちた。

両親の、ひいては国家の期待を裏切らず、ミフルは霊玉を握って生まれた。子供の頃母が教えてくれたところによると、うっすらと赤みがかった光る卵だったらしい。

霊獣は卵に入ったまま成長し、子供が五歳くらいになったときに殻を割って外に出て来る。

五歳を十箇月過ぎてもミフルの霊玉は割れなかった。しかし誰も心配していなかった。やんちゃで明るいミフルは健康だったし、美しい霊玉から鳳凰が出て来ると誰もが信じていたから。

——ははうえー！　僕ね、鳳凰が出て来たら母上と一緒に空を飛ぶの！

ミフル自身も、信じていた。

最初にイザークと会ったのがいつなのかは記憶にない。

気がついたときにはイザークが隣にいて、屋敷を抜け出して追いかけっこをしたり、木のうろに隠れて一緒に昼寝をしたりしていた。イザークの竜に乗って、宮殿の塔の上から広いアルダシールを眺めたこともある。

忘れたくても忘れられない、アルダシールの緑、真昼の焼けつくような赤い太陽、竜のロスタムの青い鱗。

優しいイザークのことも美しいロスタムのことも、ミフルは大好きだった。

二つ年上のイザークは知っていたのかもしれないが、左宰相家と右宰相家の不仲をミフルが知るのはもっとあとのことだ。

自分は鳳凰の霊獣使として、左宰相家のイザークと一緒に国を守っていくのだと信じていた。

イザークといるのは当たり前なのだと、信じて疑っていなかった。

「何を……考えている？」

寝台からビザンが問いかけてくる。

ミフルは瞬《まばた》きをし「何も」と答えた。

何も考えてなどいない。

ただ過去を、事実をなぞっていただけだ。

六歳になってすぐ、卵から出て来た霊獣が獅子だったこと。

天麟を喰《く》らう蛮獣と王家から疎まれ、死刑を告げられミシャカと一緒に牢屋《ろうや》に容《い》れられたこと。

母が泣いて恩赦を乞い、死刑を免れたものの、母と侍女と一緒に国から追放されたこと。

傷つけこそしなかったが、ミフルたちを追い立てたのは左宰相家の第一鷲部隊、イザークの父が率いる防衛隊だった。

イザークは、ミシャカが出て来てからというものミフルの前から姿を消した。ミフルが牢屋に容れられたときも、国を追われたときも、一度も姿を現さなかった。

もう、遠い昔の話だ。

「ミフル……水を、もらえないか」

窓の外に、今日も鷹がとまっている。

もう杯からでは飲めず、口の細い水差しを傾け、ミフルはビザンに水を飲ませた。今日はいつもよりも水を求める回数が多い。最後の旅を滞りなく行くため、人は水を欲しがるのではないか。

しかし、ほんの一口飲んだだけで、ビザンは咳《せ》き込んだ。

「ラクシュ……外に出ていろ」

血が滲《にじ》んだビザンの口元を拭い、隣にいるラクシュに言う。ラクシュは目に涙をいっぱいに溜《た》めて、腿《もも》の上で拳を握りながら首を振った。

「い、嫌だ！　僕だってビザンの家族だ！」

ラクシュの向こうのミシャカと目を合わせる。ラクシュの口からはっきり「家族」と聞いたのは初めてだった。ミフルがビザンと会ったのは八つのときだが、ラクシュはほぼ生まれたときからビザンといるので、ラクシュにとっては実の祖父と同じなのだろう。

ミフルはそれ以上何も言わず、結局そのままラクシュをいさせた。ラクシュの母がどうやって亡くなったのかを話したとき、ラクシュは素直な憐憫《れんびん》と思慕の情を滲ませ「会いたかった」と呟いた。

血の繋《つな》がった家族と縁が薄かった、その彼が望むのならこの場にいたほうがいい。

「何も、考えていないと言ったが」

喉の渇きを感じ、唾を飲み込んでからミフルは言った。

「あなたと、会ったときのことを思い出していた。あのときの俺は、手がつけられなくて、あなたにひどいことをたくさん言った」

ビザンが目を細める。彼も思い出しているのだろう。

「あなたが拾ってくれなかったら、俺はきっと死んでいた。あなたがいてくれたから、俺は」

喉が詰まってうまく言葉が出てこない。

伝えたいことがたくさんあるのに、どの言葉も自分の気持ちに追いつかない。

国を追放されたあと、ミフルたちを追い詰めたのは、王家ではなく市井《しせい》の人々だった。

無論、それも仕方がないことだったと今では分かっている。

人々は非道だったのではなく、ただ獅子のミシャカが——すさみ、怯《おび》え、牙を剝《む》くしか知らなかったミフルの魂が——恐ろしかっただけなのだ。

ミフルが泣けばミシャカが吼《ほ》える。ミフルが怒ればミシャカが唸る。

——あっち行け！　お前なんか嫌いだ！　全部全部お前のせいだ！

お前がいたから僕と母上は。

ミフルが泣けば泣くほどミシャカは暴れ、どれだけ離れても追いかけて来た。ミシャカの頭を叩けば自分の頭が痛み、毛を毟《むし》れば自分の体が鋭く痺《しび》れた。痛くてみじめでひもじかった。そこから来るとめどない怒りを、何も言わずに受け止めてくれるただ一人にぶつけ続けた。

——嫌だ。嫌だよう。こんなの僕の霊獣じゃない。母上、どうして。

どうしてミシャカなんか生んだの？

「……」

たまらず口を押さえる。どうしてあんなことが言えたのか。

どれだけ悔やんでも悔やみ切れない。

「俺、は」

手の下から声を出すと、ビザンがゆっくり腕を上げた。ミフルの頬に添えられた手は、冷たく乾いている。

「何も、言わなくていい」

出会ったとき、ミフルに差し伸べられた手は、あんなに大きく艶々としていたのに。

「ずっと、あなたに感謝を」

「そうか」

「俺だけじゃなく、ラクシュの面倒も、見てくれて」

「そうか」

アルダシールを追われ、近傍国を転々としていたミフルと母を支えてくれたのは、侍女のパンテアだった。

今のミフルと同じ歳《とし》だった母より、パンテアは幾分若かったと思う。宮廷勤めをしたことしかなかった身に町の生活は苦しかったろうが、パンテアは若い体をよく動かし、代書や機《はた》織り、ときには水汲《く》みの仕事を探して来てミフルと母を養ってくれた。

しかし、追われる生活や砂漠に近い土地、何より心労が祟《たた》ったのだろう、母は追放から二年もしないうちに病に倒れ、ミフルが八歳になって間もなくやつれた姿で息を引き取った。

あのとき、泣きながらミシャカに投げた石の傷痕は、今でもミシャカの脇腹に残っている。

その際現れたイザーク――現れたのだ――に八つ当たりせずに済んだのは、ミフルよりもパンテアのほうが激昂《げっこう》したからにほかならない。

歳が近かったせいか、母のことを姉のように慕っていたパンテアの悲しみは深く、けれど、彼女は変わらずミフルを大事にしてくれた。

それからミフルが起こした行動は、だからだったとしか言えない。

母の弔《とむら》いから数日後だった。

このままではパンテアまで死んでしまうと、働きに行く彼女の小さな背中を見ながら思った。

パンテアはまだ若い。彼女一人であれば自由に好きなところへ行けるだろう。ミフルがいなければ人々に遠巻きにされることもなく、もしかしたら国や宮殿に帰ることもできるかもしれない。

彼女には生きていて欲しかった。尽くしてくれた彼女を死なせるわけにはいかなかった。

ミシャカから離れられないミフルにできたことは、パンテアから遠く離れることだけだった。

その日のうちに「ごめんなさい。ありがとう」と書き置きを残して家を出た。八歳の子供が一人でどうやって生きていくのか、何も考えていなかったからこそできたことだ。

一連の出来事は衝撃的だったのに、もうそのときの感情を生々しく思い出すことはできない。だが、頭を占めていたのは極限の悲しみと罪悪感で、まるでそれらに追われるように、パンテアから離れることだけを考えながら、ひたすら足を動かしていた。

倒れたのは砂漠に出てから三日目だったか。

ミフルもミシャカも干からびる寸前で、ほとんど意識を失っていた。

大きな手が伸びてきたのは目を閉じる直前だった。

目を開けたときには岩山に囲まれたオアシスにいて、温かな腕の中で冷たい水を飲まされていた。

「何か、俺にできることがあるなら教えて欲しい」

尋ねたミフルにビザンが首を振る。

「どこか……エステルか、それかトウに知人がいるなら……」

知らせることがあるかと言おうとしたが、それにもビザンは首を振るばかりだ。

彼の家族や知人については何も知らない。出会った当初からビザンは寡黙で、訊《き》いても答えてくれなかったし、来し方については「方々を転々としてきた」とだけ言っていた。だからミフルのことを知らないのかと納得はしたが、事実を言わないのは彼を騙《だま》しているように思え、正直に追放されたことを話したときも「自分も似たようなものだから」と静かに答えただけだ。

似たようなもの。ミフルと同じ。だから何も気にせず一緒にいたらいい。

自分から望んでパンテアから離れて、でもビザンと一緒にいてもいいのだと分かり、そのとき国を出てから初めてミフルは安堵からしゃくり上げた。

ビザンはミシャカを怖がらなかった初めての人間だった。そればかりかミフルを「霊獣使」として育ててくれた。

ミフルに生きていく術を、剣の使い方を、霊獣とはなんなのかを教えてくれたのはビザンだ。祈り方も、作物の育て方も、ミシャカの愛し方も人の信じ方も。

一度「普通の人間なのにどうしてそんなに霊獣のことに詳しいのか」と尋ねたら、彼は「東のトウで学んだ」と答え、トウには白虎《びゃっこ》や玄武《げんぶ》の霊獣もいる、だから獅子の霊獣を持っていても少しもおかしくはないのだと教えてくれた。

「ミフル……。お前にして欲しいことはないが、一つだけ、信じて欲しいことがある」

ミフルに向けていた目をビザンが天井に向ける。白い膜のかかった瞳がどこを見ているのか判然としない。

死にゆく人の目を見たのはこれで三度目だ。

一度目はミフルの母、二度目はラクシュの母。

「信じて欲しい……？」

それは何かと問う前に、ビザンが言った。

「私は私の意思で生きてきた。お前と一緒にいたのは私がそうしたかったからだ。ほかの誰かに言われたからでは、決してない」

言われたことが呑《の》み込めず、返事ができなかった。

ビザンの善意は疑っていない。それはビザンも分かっているはずだ。

なのに、どうして彼は「信じて欲しい」と言うのだろうか。

「それは、どう……」

言葉は半端な形で途切れた。

ビザンが目を閉じると風が動き、窓から霧のようなものがすうっと部屋の中に入った。

白い、羽を広げた梟《ふくろう》だ。

体が透けた梟が、糸のように体を細くしながらビザンの口の中に入って行く。

「な……」

唐突に頭をよぎったのは、霊獣使である母が死んだときの姿だった。

衰弱していた鳳凰は、母の隣に横たわっていたが、母が息を引き取る間際にやはり母の唇の隙間に消えていった。

霊獣使の魂として、霊獣使と一緒にこの世を去るために。

「霊獣、使……？」

瞬きながらビザンを見つめる。目にしたことが信じられずに頭が混乱した。

ビザンは普通の人間ではなかったのか。梟の霊獣使だったのか。ならばどうして一度も霊獣を見せなかった？　ミフルが普通の人間かと訊いたときにどうして否定しなかった？

もしや、彼は霊獣使であることをミフルに隠していたのだろうか。

いったいなんのために？

梟の霊獣使は鷲に次ぐ高位の霊獣使だ。聡明さと高い精神性から宮廷仕えの薬師《くすし》に多い。

梟の霊獣使が砂漠で暮らすことや、ましてや放浪生活を送ることなど、まずない。

動揺したまま瞳を移ろわせると、木の枝にとまり続ける鷹が目に入った。何もしてこないが、この鷹は常にミフルの傍《そば》にいる。

二十年前、ミフルが国を追われたときから、ずっと。

――ほかの誰かに言われたからでは、決してない。

不意に、ビザンが発した「ほかの誰か」という言葉が胸を引っ掻《か》き、それと同時に一人の男の姿が頭に浮かんで愕然《がくぜん》とした。

「イザーク、か……？」

譫言《うわごと》のように男の名を呟きながら、立ち上がってビザンを見下ろし彼の体の両脇に手をつく。

「そうなのか……？　イザークがあなたを寄越したのか!?　だからあなたは俺を？」

「ミフルっ、どうしたの!?」

ラクシュに腕を引かれたが、それでも問うのをやめられなかった。

ビザンに助けられたのは偶然ではないのだろうか。

すべて、何もかも、イザークが命じたことなのか。

「答えてくれ、頼む。イザークが命令したのかっ」

嘘《うそ》なのだろうか。

放浪していたのも、トウに行っていたというのも。

宮廷に仕えていたのにミフルのために砂漠に来たと？

信じたくなかった。そうではないと言って欲しかった。

もしもビザンがイザークの命令で来たのだとしたら、自分は彼にどう償えばいい？

ビザンの十数年を無駄にしただけではない。こんなところではなく宮殿にいたなら彼の病は治っていたのではないか。いや、それ以前に病にだってかかっていなかったかもしれない。

「答えてくれ、ビザン！」

問い続けていると、ビザンが微《かす》かに目を開けた。

「ミフル、いつか、お前が心から笑えるように……」

ビザンが目を開けたまま止まる。彼は微笑んでいるようにも見える。

どれだけ問いかけても彼はもう何も答えない。

あまりに呆気《あっけ》なく訪れた終わりに、彼の上に崩れることしかできなかった。

「……っ……」

憤りと悔しさで体が震える。

誰かが亡くなるとき、なぜ自分はいつも悲しみと怒りを感じなければいけないのか。

「……ザ……ク」

ラクシュが床に膝をついて顔を伏せる。ミシャカが悲しげな唸りを上げる。

ビザンの胸に手を置いたまま、ミフルは上を向いて声を嗄《か》らした。

「イザ――――ク！」

涙が頬から首に流れる。

「なぜビザンを俺の元に寄越した！　なぜだ！　どうしてお前はいつも……！」

叫びながら窓の外の鷹を睨《にら》んだ。

「お前はイザークの仕獣《しじゅう》だろう⁉　だったらさっさとイザークに伝えろ！」

鷹は答えない。ただいつものようにミフルを見ている。

「今すぐ来いとイザークに伝えろ！」

鷹が、羽を広げて飛び立った。

「ミフル、大変だ！」

息せき切って駆けて来たラクシュを見て、ミフルは畑を耕していた手を止めた。

何かあったらラクシュと来いと念じておいたので、ミシャカも一緒に駆けて来る。

「りゅ、竜がっ……竜に乗った人がこっちに来てる！」

ラクシュの顔には怯えと興奮が入り混じっている。初めて実物の竜を見たのだから無理もなかった。認めざるを得ないが、竜の迫力は霊獣の中でも別格だ。子供の頃はミフルもイザークのロスタムを見るたびはしゃいでいた。

「落ち着け。分かっている」

鋤《すき》を壁に立てかけ家の表に足を向ける。

岩山に囲まれているとはいえ、巨体をしならせ飛んで来る竜に気がつかないわけがなかった。元より二日前からイザークの到着を待っている身だ。

「でも、どうして竜が……」

しかし、こんなに堂々と来るとは思っていなかったので、ミフルも内心では驚いていた。

国の柱石であるイザークに対し、ミフルは国を追放された身だ。イザークが勝手に接触するのは憚《はばか》られる相手であり、王家に知られでもしたら処罰される可能性もある。

「今すぐ来い」とは言ったものの「命を賭《と》せ」とは言っていない。

家の正面に着いたとき、ちょうど池の畔《ほとり》に降り立ったイザークを見て、ミフルは眉間に皺《しわ》を寄せた。

こうして会うことなどもうないと思っていた。こうならないために、ずっと彼のことを避けていたというのに。

「ミフル」

もはや自分の仕獣というのを隠そうともせず、肩に鷹を乗せたイザークがミフルを呼ぶ。その間に、以前王都で見かけたときと同じように、身を小さくした竜のロスタムがイザークの背後に浮かび上がった。

仕獣を持つのは竜と鳳凰の霊獣使だけだ。仕獣は霊獣の体の一部から生じ、誰かを監視したり闘ったりと、霊獣使の命令を忠実に遂行するが、霊獣のような独自の意思はなく、目的を遂げれば霊獣の体にふたたび戻って行く。

この鷹の役目はミフルの監視なのだろう。ミフルの動向を探ってイザークが何をしたかったのか、今もって分からない。

静かな面持ちでこちらを見ているイザークを無視し、ラクシュとミシャカと一緒に家に入った。

「ラクシュ、ミシャカと自分の部屋にいろ。出て来るなよ」

ミフルが言うと、何か言いたそうにしたが、ラクシュは大人しく部屋に入った。

一人になると、自分の呼吸だけが聞こえる。続けて家の中を歩く音。

イザークが来たことを除けば、今日はいつにも増して静かな日だ。

ビザンを弔うのに適した、風のない穏やかな日和《ひより》。

ミフルは甕《かめ》の水で手を洗い、ビザンが寝ている部屋に行き、枕元に立って彼を見下ろした。

イザークを呼んだのはほかでもなく、霊獣使であるがゆえの弔いの儀式として、ビザンの体を竜のロスタムに飲んでもらうためだった。

古《いにしえ》より、霊獣使は竜に亡骸《なきがら》を飲まれると、心身を浄化されて来世に生まれ変わることができると言われている。

中には迷信と言い切り土に入る者もいたが、亡骸をそのまま置くのは不名誉とされているため、特に高位の霊獣使は「必ず竜に飲ませるように」と言い遺《のこ》して逝《い》く者が多いらしかった。

自身の行く末については何も言わなかったが、ミフルはその儀式のことを母から聞いていた。

だから、死んだ母に伏せるミフルの元にイザークがやって来たとき、一緒にいた侍女は激怒したが、ミフルはためらいながらもイザークに――まだ十歳だった子供に――母を飲んでもらったのだ。

思い出した過去に溜息《ためいき》をつく。

まさか、大切な人をふたたびイザークに弔ってもらうことになるとは、あのときには夢にも思っていなかった。

「ビザン、どうか、来世ではもっと幸せに」

ビザンの首から下には既に布を巻きつけてある。残りの布を顔に巻きつけ、手短に別れの挨拶《あいさつ》を済ませると、ミフルはビザンの亡骸を横に抱き、重い足取りで外へ出た。

「ミフル、久しぶりだな。こうしてお前の顔を見て話すのは……十八年ぶりか」

懐かしそうに目を細めたイザークを正面から睨む。

「なぜ自分が呼ばれたのか」という疑問は彼の顔にはなく、それがミフルの怒りに拍車をかけた。やはりビザンをミフルの元に寄越したのはイザークなのだ。

「遅い」

言いたいことはほかにもあったが、口をついて出たのはその言葉だった。

「遅くなって悪かった。だが宮殿も急に慌ただしくなってな。すぐ来たかったが来られなかった」

ビザンの死よりも重要なことだったのか。

そう思うと怒りが増した。

「宮殿だ……？　ビザンが死んだっていうのによくそんなことが言えるな。お前は自分が何をしたか分かっているのか」

ビザンを挟んで声を荒らげたくなく、瞳でイザークを射抜く。

イザークは悪びれる様子もなく、心持ち首を傾《かし》げた。

「何、とは？　俺が何をしたと？」

「ふ……ざけるな。ビザンはお前の忠臣だったんだろう。それでお前が命令して俺を拾わせたんだろう。誰がそんなことをしろと言った。お前は、お前の罪滅ぼしだか憐憫だかのせいで、ビザンの人生を犠牲にしたんだぞ」

抑えようとしても声が震える。腕にはミフルを育てるために時間を——己の命を使ってくれた人の体があった。

イザークの命令ならビザンは断れなかったはずだ。

ビザンに命を救われたのだとしても、そのために彼の人生が狂ったのだと思うと、イザークに対してだけではなく、誰よりも自分に対して激しい怒りを感じた。

しばし黙したあと、イザークは口を開いた。

「確かにビザンはうちの薬師であり俺の侍従だった。だが、ビザンがそう言ったのか？」

「何……？」

ミフルは目の険《けん》をきつくしたが、イザークは動じなかった。

「『イザークに命令された』と。『ミフルのせいで人生が犠牲になった』と、そう言ったのか？」

視線を受け止められずにビザンに目を落とす。

ビザンとの会話を思い出すと、絞られるように胸が痛んだ。

彼の言葉を捻《ね》じ曲げられるわけがない。

今なら理解できる。真相を知ったあとにミフルがどう思うのかが分かっていて、だからビザンは最後の最後に「信じて欲しい」と言ったのだ。

誰に言われたからでもないと。ミフルと一緒にいたのは自分がそうしたかったからだと。

「ビザンが何を言ったか知らないが、彼の言葉を信じるのが彼に対する敬意じゃないのか」

奥歯を嚙《か》む。悔しいのに反論できない。

「お前が信じるかどうかはともかく、俺はビザンに何も言っていない。だが、俺が原因だったことは認めるし……ミフルの元に行くと言ったビザンを引き止めなかったのも事実だ」

「どうして引き止めなかったんだ。どうしてビザンはそんなこと……」

訊かずにいられなかった。ビザンが答えられないとしても。

「どうして？　死にそうだった八歳の子供を俺たちは見捨てておけばよかったのか？」

イザークはまるで、ミフルを助けたのはビザンとイザークの総意であったとでもいうように答えた。ビザンを抱える手に力を込める。俯《うつむ》いていても、イザークの肩で羽を休めている鷹の視線をありありと感じた。

この鷹がイザークの仕獣だと気づいたのは母が死んだときだ。

イザークは仕獣にずっとミフルを見張らせていて、だからこそ母が死んだときにすぐに駆けつけられたのだろう。

「お前は……なんでそんなに……」

言いかけた唇を閉じて噛む。

憐《あわ》れみか、ミフルたちを追い立てたのがイザークの父だという罪悪感か、それともほかの理由からか。

イザークはミフルから離れてくれない。どれだけミフルが邪険にしても。

何を考えているのか本当のところは分からないが、彼がこうも自分を気にかけていることが、ミフルの心を掻き乱す。

イザークがミフルに会いに来なかったのは遠い昔の話だ。

追放から二年は姿を見せなかったが、母が亡くなってからというもの、毎年母の命日になるとイザークはミフルに会いに来た。

ミフルが会おうとしなかったので、直接顔を合わせることはなかったが、イザークは扉越しに、ミフルが変わらず宰相家の息子でもあるかのように宮殿での出来事を話して聞かせた。

——ミフル、お前がいなくなってトーサル殿は落ち込んでおられるが、お体は大丈夫なようだ。

——王子にお子が生まれた。男児だ。

——父が、死んだ。魔物にやられてな。すまない。結局お前に謝れなかった。

「俺がそんなに、なんだ？」

尋ねるイザークに首を振る。

これから先も彼と近づくつもりはない。

そうであるなら何を訊こうと、どんな答えを得ようと無意味だ。

「ビザンを迎えに来てくれたことには礼を言う。ビザンの厚意も信じようと思う。だけど、俺はお前のことを信じたわけじゃない。だから……もう、会いに来るのはやめてくれ」

ミフルがビザンを差し出すと、イザークは彼を受け取り、悼《いた》むように目を翳《かげ》らせた。

「信じていないならなぜ俺を呼んだ？　お前は信じていない相手に大事な者を託すのか？」

かっとして声を荒らげた。

「ほかに竜の知り合いがいないからだっ。そんなことお前だって分かっているだろう。だから仕方なく……。もう話は終わりだ。ビザンを連れてもう帰ってくれ」

イザークは一歩前に出た。

「ミフル、ちょっと待て。ビザンのためだけでなく、今日はお前に話があって来たんだ」

「俺には話なんてない。頼むからもう行って、早くビザンを弔ってやってくれ」

脇を向いてイザークを突き放す。少しでも早くイザークと別れたかった。

砂漠の片隅といっても誰かが来ないとも限らない。普通の人間ならまだしも、宮廷の誰かにイザークといるところを見られるのは御免だ。

しかし、次にイザークが言葉を放った瞬間だった。

「お前を宮殿に戻すことが決まった」

何かに押し潰されたように、一瞬本当に息が止まった。

「なんだって……？」

「言ったとおりだ。お前の追放令を解き、以前と同じく次期右宰相として宮殿に戻すことが決まった。王の決定を待っていたから来るのが遅くなった。ミフル……俺は、お前を迎えに来たんだ」

言われたことを理解した途端、頭に血が昇った。

イザークがビザンを抱えていなかったら殴りかかっていただろう。

「追放令を解く、だと？　よくそんなことが言えるな。二十年も経《た》ってるんだぞ！　俺や……母上やビザンがどう生きてきたか知ってるのに、お前はよく平気な顔でそんなことが言えるな！」

「お前の怒りは分かる。すぐには受け入れられないと思う。だが決定事項だ」

イザークの声からは感情を排した硬質な響きが感じられる。しいて言うならそれは「イザーク・カーレーン」のものではなく「アルダシール王国大霊獣宰相」のものだった。

「どういうことだ」

嫌な予感しかしないが訊くしかできない。

イザークはミフルを目で捕らえたまま言った。

「ちょうど満月の日だから四日前か、王妃が夢を見てな。『ミフル・スーレーンを宮殿に戻さなかったら国が滅びる』とお告げを受けた。王と王妃のお告げは絶対だ。それはお前もよく分かっているだろう？」

王と王妃は国の君主であり神官だ。すなわち彼らの「お告げ」は神の言葉を意味する。

子供心にも「王家に疎まれた」という言葉は恐ろしかった。今は、彼らの夢一つで誰かの人生が変わってしまうのが恐ろしい。

「夢、だと？　それを俺に信じろって言うのか？　王が、お前たちが、俺を宮殿から追い出したのに？　ふざけるのも大概にしろ。夢だかなんだか知らないけどな、俺はもうアルダシールの民じゃない。滅びるなら勝手に滅びろ。俺はどうせもうすぐここから出て行く」

怒りのあまり全身が震えた。

こうして解くならなぜあのとき追放したのかと思った。

追放されなかったら母があんな形で死ぬことも、ビザンが自分のところに来て病に倒れることもなかった。

「ミフル……」

それを、すべてなかったことにして帰って来いと？

「二度と来るな」

イザークを睨みつけて背中を向け、彼から離れるべく一歩を踏み出す。王命を伝えただけのイザークに非はないが、今は怒りしか湧いてこない。

だが、家から出て来たラクシュを見てミフルは足を止めた。

「もうすぐ出て行くってどういうこと？」

ラクシュの上着をミシャカが咥《くわ》えているが、それでもラクシュは体を前のめりにして必死にこちらに来ようとしている。

「ここを出て行くの？　どこに行くの？　それは僕も一緒だよね？」

「ラクシュ……出て来るなと……」

それ以上言葉が続かない。どう言えばラクシュを傷つけずに済むのだろうか。

どちらにしてもまだ先のことだ。まだラクシュを一人で置いてはいけない。彼が独り立ちをしたら、しっかり事情を説明して別れようと思っていたのに。

「ミフル、ねえ……！」

背後でロスタムが大きくなるのが分かる。宮殿に帰るのだろう。

「ミフル、また明日来る。それまでに荷物を纏めておけよ。もしお前が嫌だと言っても俺はお前を連れて行く」

ロスタムが飛び立って行くが、ラクシュは目もくれずにミフルの瞳を凝視している。

その瞳を見ていると、ふと彼の母の瞳を思い出した。

生まれたばかりの赤子を抱きながら、ミフルに縋《すが》って息絶えていった女性の瞳を。

――どうか。

彼女の言葉が耳に蘇《よみがえ》る。

ラクシュ。ミフルの心の安息。生きていくよすが。

――お願い、どうかこの子を。

ラクシュを殺さないで。


説明には長い時間を要した。

自分は子供の頃に国を追われ、今では人々から「魔獣使い」と呼ばれていて、だから自分と一緒にいるのはラクシュのためにならないのだと、どれだけ言ってもラクシュは納得しなかった。

ミフルとこれからもいると言う。

懸命にこらえていたが、最後には泣いてしまい、いつしか泣き疲れて寝息を立てていた。

まだ、たったの十一歳なのだ。

どうすればいいのだろう、とラクシュの頭を撫でながら思う。

今すぐ逃げたところで追いかけて来るのは竜の霊獣使だ。全力で走らなければ捕まってしまうだろうが、それではラクシュが耐えられない。砂漠の昼夜の気温差は激しいし、盗賊や魔物、本物の魔獣と遭遇してしまう可能性だってある。

だからといって、このまま大人しく宮殿に戻るつもりも更々なかった。

――お前が嫌だと言っても俺はお前を連れて行く。

イザークはああ言ったが、冗談ではない。

連れて行く？　どうやって？　力ずくでか？

馬鹿にしやがって。

これまでの疑問と「追放令を解く」と言われたときの怒りが混ざり合い、無性に腹が立ってくる。

考えろ。何か逃れる方法があるはずだ。何か。

焦るばかりで時間が無情に過ぎていく。

ミフルは一睡もできないまま、ラクシュの隣で朝を迎えた。

隠れることもできないのでラクシュと朝食を食べていると、家の前に竜が降り立つ気配がした。

結局何も思いつかなかったが、みすみす連れて行かれるつもりはない。イザークが強引な手段に出るならこちらにも考えがある。

立ち上がって体に布を巻き、ラクシュを家の中に残したまま外に出る。

どう出る？　イザーク。お前はそんな簡単に俺を捕まえられると思っているのか？

しかし、そう思いながら小池の畔を見たときだった。

「ミフル・スーレーンだね」

はにかみながらミフルを呼んだ姿に、驚きすぎて声も出なかった。

なぜこの人がこんなところにいるのか。

「此度《こたび》は急な知らせで驚いたことと思う。私はアードル王の第一王子、ファルンだ。君は小さかったから覚えていないかもしれないが、昔何度も宮殿で会っているよ」

イザークの隣にいたのはこの国の第一王子、つまり次期王であるファルンだった。

佇《たたず》んでいるだけのファルンから、熱波のようなものが押し寄せてくる。

気がついたときにはミフルはその場に膝をついていた。

「ミフルっ」

家の中からラクシュが出て来て、項垂《うなだ》れたミフルの体を両手で支える。ラクシュはミフルのような衝撃を受けていないようでほっとしたが、ミフルは額に脂汗を浮かべながら、なんとかラクシュを庇《かば》おうとした。

だがやはり体が自由に動かない。

「イザークっ……お前、ずるい真似《まね》をっ……」

歯を食い縛りながらイザークを睨み上げたが、その間にもこうべが垂れていく。跪《ひざまず》いた先のファルンに向けて。

なんだこれは——とは思わなかった。

自分の体に何が起こっているのか、本能で分かる。

「ずるい真似？」

頭上から落ちてくるイザークの声は淡々としている。ミフルがこうなるのが分かっていた声だ。

「何がずるい？　お前が膝をついたのはお前自身の血のせいだ。お前が王家に仕える大宰相家の跡取りだからだ」

イザークの言葉にぐうの音《ね》も出ない。

落ち着くためにゆっくりと呼吸したが、そうしなければならない自分の体を心底忌々《いまいま》しく思った。

天麟を守るために、王家に傅《かしず》くために存在している竜と鳳凰。その霊獣使である両宰相家。

神話に過ぎないとはもう言えなかった。それが事実であるのを自分の体が何より証明している。

だがこれ以上の皮肉があるだろうか。

ミフルの霊獣は獅子で、それによって王家から疎まれたのに、それでも尚《なお》血と体が王家に仕えよと命じてくる。

イザークが近づいて来る。

「近寄るなっ。お前、ラクシュに何かしてみろ。ラクシュを傷つけたらお前を殺すっ」

イザークは眉根を寄せ、ミフルの肩に手をかけて言った。

「聞き捨てならないな。お前は本当に俺がお前の大事な者を傷つけると思っているのか」

後ろから腰を抱かれて立たされたかと思うと、イザークの片手がミフルの太腿に伸びてくる。

「触るなっ。お前のことなんか信じられるかっ」

「これは預かっておく」

太腿に縛りつけてあった小剣の存在に気づいていたようで、イザークはそれを鞘《さや》ごと抜くと、自身の長剣と一緒に腰の帯に差し込んだ。

イザークが抱え込んだミフルにファルンが近寄って来る。

「イザーク、離せっ。くそっ……」

イザークから離れたい。なのにファルンの熱波に押されて彼に寄りかかる形になる。

「ミフル、怖がらないで欲しい。君は久しぶりに王家の霊力を浴びてこうなっているだけだ。それだけ君の霊力が高いという証《あかし》でもあるんだ。頼むから怖がらずに私の話を聞いて欲しい」

天麟の住処《すみか》は天のため、滅多なことでは姿を見せない。

見えないから本当はいないのではないかと言う輩《やから》もいたが、ミフルは王子の魂である天麟の存在を信じないわけにはいかなかった。

胸で切り揃えた銀髪を揺らし、三十を越えているのに少年の面影を残すこの王子には、間違いなく天麟が寄り添っている。

その王子が、ミフルに向かって頭を下げる。

「ミフル、君には父が本当に申し訳ないことをした。追放されたとき、君はまだたったの六歳だった。私にも三歳の息子がいるからね、あの子がもし、と思うと本当に胸が痛む」

顔を上げたファルンは、ほっそりとした手を胸に当てて続けた。

「イザークから聞いたが、ミフル、君が宮殿に戻りたくないと言うのはよく分かる。王家のことを信じられないと言うのも。だが、ミフル、どうか私を信じて戻ってはくれまいか。母の夢は真《まこと》なのだ。母はあれからずっと臥《ふ》せっている。いつ国が滅びてしまうのかと案じて……」

母と国の両方を憂えているのだろう、ファルンは沈鬱《ちんうつ》な表情を見せた。

「俺に……宮殿で何をしろと？」

ファルンの霊力に慣れてきたのか、少し体が自由になる。

イザークの腕を払い落とし、ミフルはファルンと向き合った。

「分からない」

答えたファルンの瞳は至って真剣だ。

迷う余地がなくなり、ミフルは即座に言い切った。

「宮殿には戻らない」

何をされるか分からないのに誰が戻ると言うのか。あまりにも危険だ。

「ミフル、待て」

去ろうとしたミフルの腕をイザークが摑《つか》む。イザークの手を振り払いながらミフルは言った。

「離せ。殺されるかもしれないのに誰が戻るか。言っただろう。国がどうなろうと俺はどうでもいい」

イザークはきつく目を眇《すが》めた。

「お前はその子を守りたいんだろう。国が滅びるというのはその子も死ぬということだとなぜ分からない」

ファルンとは違う熱波をイザークから感じる。

予想もしていなかった言葉に愕然としてしまい、ラクシュを見つめて硬直した。

「国とはなんだ。人だろう。多くの者がいなくなるから国が滅びるというんだ。お前はそれがアルダシール一国の問題だとでも思っているのか？　アルダシールの民だけじゃない。お前が宮殿に戻らなかったらきっと大勢の者が死ぬ。いや、戻ったとしても何かが起こってしまうのかもしれない。でも、お前が戻ればおそらく最悪の事態は免れるんだ。ミフル、国のために戻れとは言わない。だが本当に戻らなくていいのかもう一度よく考えてみろ」

すぐには言葉が出なかった。

もしも自分のせいでラクシュが、と思うと絶望しそうになる。

「だからって……宮殿で俺たちが無事だという保障は……」

それでも「戻る」と言えなかった。ラクシュの安全が保障されない限りは頷けない。

宮殿に行くならラクシュも一緒だ。これから国がどうなるか分からないのに一人で置いていけるわけがない。

「俺が守る。お前も、その子も」

イザークの返事は早かった。

「何があっても傷つけない、傷つけさせないと誓う。ミフル、王妃の夢があったからじゃない。俺はお前に戻って来て欲しいとずっと思っていた」

イザークの瞳には熱が籠《こも》っている。なぜ戻って欲しいのかという疑問はあったのに、その瞳と「守る」という言葉を嘘だと思うことはできなかった。

「私もできる限りのことをする。約束だ。だから、ミフル、このとおりだ」

イザークから目を逸《そ》らせないでいると、ファルンがもう一度頭を下げる。

ふたたび腕を掴んできたイザークの手を振り払えないまま、ミフルはミシャカとラクシュを見た。

ミシャカはラクシュの隣で、すぐに飛びかかれる体勢のままミフルの指示を待っている。ラクシュはミフルの瞳を気丈に見返すと、はっきりとした声音で告げた。

「僕はミフルと一緒に行くからね！」

「ミフルと一緒にいる」が「一緒に行く」になっている。このままここにいたらいつかミフルと離れることを知っている瞳だ。

ミフルは一度溜息をつき、腹を決めてラクシュの体を引き寄せた。

「いいか、イザーク。何かおかしいと思ったらすぐにまた国を出るからな」

ミフルが牽制《けんせい》すると、そこで再会してから初めてイザークが笑みを見せた。一つ目標を達成したとでも言いたげな、大国の大宰相らしい不遜《ふそん》な笑みだ。

「ミフル、この日を待っていたぞ」

笑みの後ろの本音は見えない。

「どうだか」

皮肉を吐き、イザークを睨むことしかできなかった。

ロスタムの背の上で、ミフルとラクシュが纏っている布がはたはたと軽やかな音を立てる。

「うわ……すごい……すごい」

初めて都を、しかも上空から見るラクシュは「すごい」しか言えないようで、右手でイザークに掴まりながらも、体を斜めにしてずっと下を見続けていた。左手には骨壺を抱いているが、落としやしないかと冷や冷やしてしまい、ミフルはラクシュの腰を抱く手に力を込める。

そうしながらイザークに説得され、宮殿に戻ると、風が優しく頬を叩いた。

王子とイザークの背中を見ると、宮殿に戻ることを決めたのは昨日だ。

戻ると決めた以上迷いは断ち切ったが、すぐに戻って欲しがった二人に対し、ミフルは一日の猶予を求めた。

荷造りに手間取ったわけではない。纏めたのは貯めていた金貨と本くらいだ。

しかし、そこに置いてはいけないものが、ミフルとラクシュには一つあった。

——その子の母?

十一年前、棺《ひつぎ》に入れて弔ったラクシュの母の亡骸を持って行きたいと言うと、王子とイザークはそう口を揃えた。

花を植え替え、棺を掘り返し、骨になっているだろう亡骸を持って行きたい。できるならこんな岩山ではなく、都の墓地にきちんと入れてやりたい。

——分かった。それは私の一存でできることだ。イザーク、早急に手配を。

——承知しました。

墓を掘り起こす間待たせるのは忍びなく、あとで必ず行くと言って、王子とイザークに帰ってもらった。

だが、イザークは王子を送り届けてすぐに戻って来て「心配しなくてもちゃんと行くぞ」とミフルが嫌みを言っても、宰相服を土で汚しながら一緒にクロッカスを植え替えてくれた。

「なんだ？」

視線に気づいたのか、風に髪をなびかせながらイザークが振り返る。

「なんでもない」とミフルは返したが、視線の行き場に困った末、胸の中で寝息を立てている小さなミシャカに目を落とした。昨日ミシャカもたくさん土を掘ったから疲れたのだろう。それだけではなく、昨夜はミフル同様よく眠れなかったに違いなかった。

ラクシュの母の骨を入れる小壺を探したり、茶を淹《い》れたり、家の掃除をしていたりしたら、結構な時間になった。

そろそろ帰ったらどうだとミフルが言うと、イザークは当然のように、今日はこのままここに泊まると返事をした。

――大宰相が泊まるようなところじゃない。

イザークは苦笑しながら返事をした。

――ビザンが寝ていた部屋があるだろう。

イザークはミフルが作った食事を摂り、水浴びをし、ミフルの粗末な寝間着を着てビザンの寝台に寝転がった。

預かると言っていたのに、ミフルの小剣と自身の長剣を無造作に部屋の入り口に立てかけたまま。

——ミフル、一緒に寝てくれないか。

出て行こうとしたミフルにイザークはそう言った。

——馬鹿か。

手枕をして横たわったイザークの瞳はどこか虚《うつ》ろだった。

——また、お前がいなくなりそうで、怖い。

怖い、と。

イザークの口からそんな言葉が出るとは思わず、返事が遅れた。

——……逃げないから、安心して寝ろ。

それだけ言って扉を閉め、ミフルも寝室に引き上げた。

よく眠れなかったのは、きっと、信用できない男が家の中にいたからだ。

「さあ、下がるぞ。しっかり摑まっていろよ」

「はいっ！　わ、わわっ……！」

ロスタムが鼻先を下に向けて下降を始めると、宮殿を囲む林の中に、狐や羚羊、梟などの霊獣たちが、思い思いに水を飲んだり寝ていたりするのがはっきり見えた。鷲などの防衛隊はともかく、普段の務めに霊獣を必要としない使用人もいるため、林は霊獣たちには勿論、普通の動物たちにとっても憩いの園となっている。

ロスタムの頭が巨石造りの宮殿に入る。

並ぶ高い塔と丸屋根の神殿、天麟の巨大な石像の間を縫い、徐々に速度を落としたロスタムは、静かに王宮の前の広場に着地した。

イザークとラクシュ、ミフルが降りると、すぐにロスタムは体を小さくした。

なめらかな石畳、王宮を支える列柱、偉大な王の凱旋《がいせん》を伝える壁の浮彫り。

まるで初めて訪れたところのようだ。懐かしさは微塵《みじん》も感じない。

ミフルは未だ浮遊しているかのように、ぼんやりとした頭で、王宮からこちらに駆け寄って来る中年の男を見つめた。

「ああ、ミフル……！」

イザークの後ろのロスタムのように、男の後ろに赤い鳳凰が浮かんでいる。

「よく無事で……」

男はそれだけ言うと、ミフルを強く抱き締め、長いこと言葉もなくむせび泣いていた。

「霊獣は……ミシャカはどこに？」

ようよう落ち着くと、男はミフルの頭を幼い子供のように撫でながら言った。

ミフルは口を動かしたものの、何も言えず、ただ胸元を開いてミシャカを見せた。

起きていたらしいミシャカがあくびをする。ミシャカは男を見ても不思議そうに瞬くだけだ。

その態度に驚いたが、これは何かの間違いだとごまかすことはできなかった。ミシャカのこの反応こそが、今の自分の紛《まご》うことなき本心なのだ。

ミフルを抱擁したのは父、鳳凰の霊獣使のトーサルだろうが、危機感を覚えない代わり、顔すら忘れていたのでなんの感慨も湧いてこない。

もしも、父と会ったら、もっと色々な感情が湧くと思っていた。幼い頃に別れた寂しさや、なぜ王を止めてくれなかったのかという恨み、なぜ捜してくれなかったのか、なぜあなたまでミシャカを嫌ったのかというような気持ちが。

「ああ、元気そうでよかった……なんと、こんなに静かな目をして」

ああ、そうだった、と。

父もまたミシャカに怯えた一人だったと、そのとき唐突に思い出した。

顔は忘れていたというのに、父の鳳凰がミシャカを見たとき羽を逆立《さかだ》てたのをはっきり覚えている。

あのときはそれが恐怖の現れだと分からなかった。

しかし、今、父の鳳凰が少し怯えているのが分かってしまうのが、悲しい。

「父上……お久しぶりです」

ミフルは礼儀正しく頭を下げた。

霊獣使は自ら選んでなるわけではない。己の魂が目に見えてしまうことを誰一人として望んで生まれたわけではないのだ。父も、息子の魂の形を嫌悪してしまったことを知られたくはなかっただろう。

ただ、思う。

一度は獅子を憎んだ自分の、この人は間違いなく父なのだ。

「疲れただろう……。屋敷を一棟《ひとむね》空けてあるから王への拝謁が済んだら休みなさい。それと……イザーク殿からサラは亡くなったと聞いたが、落ち着いたら亡骸がどうなったか教えてもらえないか」

その言葉から、自身がミフルの母を飲み込んだことをイザークが話していないことを知った。

激昂していた侍女の姿を思い出す。母が竜に飲み込まれたことを父がどう思うのか分からない。それに、イザークが誰にも相談せず独断で飲んだことを考えると——そうなのだろう——父にはしっかり説明しなければいけないと思った。

母を飲むと言ってきたのはイザークだが、それを受け入れ決断したのはミフルだ。

「分かりました。のちほどお伝えします」

「ありがとう。つらいことを思い出させてすまない。それから、お前の侍従だが」

「侍従や女官は不要です。自分のことは一人でできますから。ただ一つ、この子と住むことだけ許していただけますか」

父は少し残念そうな顔をしたが、頷いた。

「勿論だ。その子がラクシュだね。綺麗な目をしている」

それもイザークから聞いていたのか、父は誰何《すいか》もせずにラクシュの頭に手を置いた。ミフルとは違う父の茶色い髪の中に、白いものが混ざっているのに気がついたのはそのときだ。ミフルと別れたとき三十歳だったから、父ももう五十だ。

二十年の空白は、何かを取り戻すにはあまりにも長い。

「ミフル、何か必要なものがあったら遠慮なく言いなさい。必要ならば私の鳳凰を貸そう」

けれど、微笑みながらそう言ってくれた父に、心のどこかが微かに動いた。

自分の魂である霊獣を貸すことは、相手をよほど信用していなければできない。

過ぎた時間は取り戻せないかもしれない。でも、父は、ミフルとのこれからの時間を組み立てようとしてくれている。

「ありがとう、ございます」

父の気持ちを素直に受け入れようと思った。

どう接すればいいのか分からなかっただけで、嫌いで別れた人ではない。

「ミフル、よく戻ってくれた」

父のあとに来たのは王子のファルンだった。腕に息子であろう子供を抱き、隣に妃《きさき》と見られる女性を連れている。

体が慣れたのか、昨日ファルンと会ったときのような衝撃はなく、ミフルは落ち着いて頭を下げた。

「ミフル・スーレーン、ただいま戻りました」

どんな経緯であれ、こうして宮殿に戻った以上、王子はミフルの主君であり、礼を失することは許されない。

「戻った早々申し訳ないが、王が謁見の間でお待ちだ。私と一緒に来てくれるだろうか」

「承知しました」

ミフルが即答すると、王子は軽く溜息をついた。

「覚えているかどうか……王は気性が荒くてね。ミフルは私が頼んで戻ってもらったんだと言ってあるが、もしかしたら気分を害することもあるかもしれない。先に謝っておくよ」

「ご心配には及びません」

としか答えられず、ミフルがラクシュの手を引いて王子の後ろにつくと、父とイザークは「またあとで」と言って左右に分かれて歩いて行った。

王のことはほとんど記憶にない。右宰相家の息子とはいえ、幼いミフルにとってはたまに見るだけの存在で、ミフルたちに追放を言い渡したのも王ではなく法務官だった。言うまでもなく、自分を嫌った相手を好いているわけもないが。

モザイクタイルが張られた広間を抜け、織物やガラス器が飾られた廊下を通って謁見の間に行く。

王子はミフルと残ったが、途中で王太子妃は子供と一緒に去って行った。

ミフルたちが着くと、肩に鷲を乗せた防衛隊が両開きの扉を開けた。先に王子が中に入り、ラクシュと並んでミフルも入る。

奥の高いところに据えられた椅子に座っていた王は、頬杖《ほおづえ》をついてミフルのことを冷ややかに見下ろした。周りには緞帳《どんちょう》が幾重にも垂れ下がっており、脇では女官たちが大孔雀《おおくじゃく》の羽で王を煽《あお》いでいる。

「王よ、ミフルが到着しました。どうぞ歓迎の言葉を」

ミフルは膝をついて頭を下げた。隣で同じように膝をつくラクシュがいじらしい。

「ミフルよ」

重々しい声ですぐに呼びかけられたので、返事をしようとしたが、それより先に王が言った。

「どうやってイザークを手懐けた？」

ミフルが顔を上げると、王子が両手を広げて天を仰ぐ。

「父上！　どうしてあなたは……！」

白く長い髭の間で、王の口が微かに動いた。

「スタテイラが夢を見たのは真だがな、その前からお前を戻すようイザークには言われておった。あやつめ、お前を戻さなければ自分も宰相を辞めるなどとぬかしおっての……いったい己を何様だと思っておるのやら」

王を見たまま動けない。言葉を理解するのに時間がかかった。

「イザーク、が……？」

王と、イザーク、どちらの言葉を信じればいいのか。

確かにイザークは「ミフルに戻って来て欲しかった」と言っていた。けれど、それは宰相の任と秤《はかり》にかけるようなものではなかったはずだ。

民の様子を見ているだけで分かる。もしイザークが宰相を辞めたら、王家の、すなわち国家の大きな損失となる。

その立場を引き合いに出してまで、イザークはミフルを宮殿に呼び戻したかったと、王はそう言っているのだろうか。

「まあいい。イザークがお前に懸想《けそう》している間は余の後宮も安泰というもの。戻ったからには精々イザークを愉《たの》しませてやってくれ」

何が事実なのか分からなかったが、王の言葉に更なる衝撃を受けた。

「父上！　子供の前でなんということを……！　ミフル、行きましょう！」

王が高らかに笑う中、王子に連れられその場を去る。

冷静になると、困惑はたちまち怒りに変わった。

「ファルン様、無理を承知でお願いいたします。すぐに戻りますので、少しの間ラクシュを預かっていただけないでしょうか。私は……イザークのところへ行かなければ」

懸想？　イザークを愉しませる？

――ミフル、一緒に寝てくれないか？

「ミフル、父の言葉を鵜呑《うの》みにしないでくれ。イザークは決して……」

胸からミシャカを取り出し、ラクシュに渡しながら再度王子に頼んだ。

「頼みます、ファルン様。どちらにせよイザークとは……一度話をしなければと思っていたのです」

ミフルの勢いに押されてか、渋々といった様子で王子が頷く。

あの野郎、やはり信用ならない。

ミフルはラクシュを王子に預け、肩をいからせながら左宰相家の屋敷に行った。


「イザーク！　出て来い！」

「きゃ……」

左宰相家の正面入り口で、イザークを呼びつけると女官たちが悲鳴を上げた。

「ミ、ミフル様っ……！」

その中でも年嵩《としかさ》の女官がミフルを見てあとずさる。名前を呼んだからにはミフルの帰還を知っていたのだろうが、歓迎されていなかったことは慄《おのの》きようから明らかだ。

「すまない。イザークを呼んでもらえないか。話があるんだ」

ミフルが憤慨を抑えて言うと、女官は一礼をして背中を向け、小走りで大階段に向かって行った。だが、呼びに行くまでもなく、その階段からイザークが下りて来る。

「どうした、ミフル」

イザークはまだ汚れた宰相服のままだった。一緒に土を掘ってくれた姿と、ビザンの寝台に横たわった姿が頭の中を順に巡る。

「話がある」

誰の許可も得ずに階段を上った。ミフルの剣幕に驚いた顔をしたものの、イザークもふたたびミフルと並んで階段を上る。

「なんの話だ?」

返事をしないミフルにイザークもそれ以上訊かない。

イザークは三階に上がり、自身の寝室と思われる部屋にミフルを連れて行った。

「ここなら呼ばなければ誰も来ない」

気をきかせたつもりだろうが、嫌でも目に入る大きな寝台が神経を逆撫でする。

「俺は、お前の夜伽《よとぎ》の相手として連れ戻されたのか?」

前置きなく言ったミフルに、イザークは目を見開いた。

「ミ……」

「言え! そんな理由じゃないだろう! 俺を宮殿に連れ戻した本当の理由はなんだ? なぜ俺にず

っと付き纏っていた？　宰相を辞めるなんて言って、俺に気があるような素振りを王に見せて、お前は何をたくらんでる！」

　これまでの疑問が爆発する。ミフルに懸想、などという言葉を真《ま》に受けたわけではなかった。夢だとか神託だとかの言葉の裏で、何か政治的な思惑が働いているのではないか。

　そうだとしてもミフルだけならいい。巻き込まれたとしてもなんとかなる。

　けれど、ミフルの傍にいることで、もしもラクシュに何かあったら。

「ミフル、信じてくれとしか言えないが、たくらみなどない」

　イザークがミフルに一歩近づく。逆光になっているので彼の顔はよく見えない。

「嘘を……」

「嘘じゃない。本当だ。王妃は夢を見たし、俺はお前に戻って欲しいと思っていた。お前に会いに行っていたのも単にお前に会いたかったからだ。俺は、お前に……俺の傍に戻って来て欲しいとずっと思っていた」

　イザークがまた近づいて来る。一歩、また一歩。

「なんでだ」

　本音を探るようにイザークを睨み続ける。甘い言葉も優しい微笑みもミフルには効かない。辺境で、砂漠で、様々な人の本性をミフルは見てきた。

　イザークが目の前に来る。

　苦笑でごまかされると思っていたのに、ミフルを見る瞳は怖いくらいに真剣だった。

「好きだから」

沈黙。

疑問。

「……何？」

わけが分からずに言うと、イザークは続けた。

「お前のことが好きだからだ、ミフル。単なる友としてではなく……。ただ俺はお前に傍にいて欲しかった。ほかに……理由などない」

不覚にもうろたえる。これは新手の謀略だろうか。

「俺のことが好きだなんて初めて聞いたな」

「そうか？　忘れてるだけじゃないのか」

「十何年も……ろくに顔も合わせなかった。俺のこと何も知らないのに、よくも……」

「知ってるさ」

そこでイザークは眉尻を下げて苦笑した。

「ビザンからお前のことは聞いていた。俺の仕獣をお前につけていたことだって知っているだろう。お前は気づいていなかったかもしれないけど、お前を見に行ったことも何度もある。まあ、大宰相になってからはそれも難しくなったけどな」

イザークがふたたび真剣な目つきになる。

「ミフル」

もうやめろとは言えなかった。

「お前のことが、好きだ。だが決して夜伽の相手として連れて来たわけじゃない。お前の許可なく指一本触れないと誓う。だからどうか警戒しないでくれ」

九歳、十歳、十一歳。

毎年来ていたイザークの姿が頭に浮かぶ。

ああやって来ていたのはすべて、ミフルのことが好きだったからだと言うのか。

「ふざけるな」

ミフルは顎を上げ、イザークを見下ろすように目を眇めた。

「俺は、お前なんか嫌いだ。お前のことも王家のことも信じられない」

言いながらイザークが近づいた分だけ離れていくと、すぐに踵《かかと》が扉に当たった。

外に出ると、背中にイザークの声が降りかかってくる。

「お前が俺を嫌いでも、俺はお前のことが好きだ」

返事をせずに扉を叩きつけて閉める。大股で階段に向かいながら、ここに来たのはなんのためだったかと考えた。

イザークが自分を連れ戻した本当の理由を知るため？

そうだ。イザークの本音を知るためだ。

「くそっ……」

——ほかに理由などない。

長らくの疑問をぶつけたというのに、余計に謎《なぞ》が深まった気がする。

ここに来た目的が果たされたのか果たされなかったのか、幾ら考えても分からなかった。


翌朝。

父が用意してくれた屋敷の部屋で、ミフルは久しぶりにラクシュの隣で目を覚ました。ラクシュはいつものようにミシャカを抱き枕にし、あどけない顔で寝息を立てている。そろそろ一人の時間も必要かと、ラクシュが十歳のときから別々に寝ていたが、宮殿の様子が分かるまではこうして一緒に寝るつもりでいる。

寝台から下り、窓の外を見ると、周りは昨夜の喧騒《けんそう》が嘘のような静けさだった。気は張っていたのに、疲れていたのか朝までぐっすり寝てしまったが、夜中に何も起こらなかったのは幸いだったと言うべきだろう。

「ん……ミフル、おはよう」

ラクシュが目を閉じたまま言う。

「ああ、悪い、起こしたか？　もっと寝てていいぞ」

「ううん、大丈夫。もう起きる」

ラクシュも起きたので、部屋にある洗面台で順番に顔を洗い、それから衣装籠《かご》を開けた。中にはミフルの服だけではなく、ラクシュの服もたくさん入っていて、つい、ミフルの父が用意したならまだしも、イザークだったなら借りができたなと思ってしまう。

ともあれ、大人の事情に子供は関係ない。

籠からまずラクシュの服を取り出し、ミフルは着替えを手伝った。

「ミ、ミフル……昨日の服もそうだけど、僕、こんな綺麗な服着ていいのかな？」

ラクシュに着せたのは、アルダシール特産の樹下双獣《じゅかそうじゅう》柄の織物でできた上衣と下衣だ。膝まである長い革靴を合わせると、一気に大人びて見える。

「いいんだ、ラクシュ。この屋敷にあるものは全部自由に使っていい。ただ、今までどおり大事にな。掃除も洗濯も自分たちでする。当面食事も俺が作る。落ち着かないこともあるかもしれないけど、大丈夫か？」

ラクシュは笑顔で頷いた。

「大丈夫だよ。なんかここ面白いし、見たことないものがいっぱいあって楽しいし」

強がっているわけではないだろう。

昨夜行われた「ミフルを歓迎する宴《うたげ》」でも、ラクシュは緊張しつつ持ち前の好奇心の強さを発揮し、金や宝玉が鏤《ちりば》められた大広間に目を輝かせ、金管や太鼓、琴の調べに自然と体を動かしていた。食べたことのない料理を前に、旺盛な食欲を見せたことは言わずもがなだ。

思いがけない形ではあったが、ラクシュの笑顔を見られたのは何よりだったと思っていると、不意にラクシュが辺りを見回した。

「ええと、じゃあとりあえず水汲んでくるね。さっきいっぱい使っちゃったから。どこで汲めばいい？　あと、薪《まき》は？」

顔を洗う仕草をしながら言ったラクシュに、目が泳いでしまう。

「そうだな。ここは……少し砂漠と違う。宮殿の中に水路が通ってるから、取っ手を押せば蛇口から水が出てくるんだ。薪も蔵に蓄えがあったはずだから、あとで見に行こう」

「ミフルの家の誰かが木を伐《き》ってくれてるの？　すごいね」

返事に詰まる。宰相家の者はそもそも木を伐る類《たぐい》の職につかない、というだけの話ではない。

記憶にあまりないとはいえ、幼少期を宮殿で過ごしていたミフルと、砂漠の中しか知らなかったラクシュとではものの考え方の土台が違う。燃料一つにしても、岩山にいたときは勝手に山から木を伐っていたが、正式には木を伐る者、ないし商人が届け出をし、管轄の宰相の許可が下りて初めて伐採可能となる。

ラクシュには本と自然から得てきた智慧《ちえ》があるが、それだけでは生き延びていくための、特に都で生きていくための実践的な知識が不足する。

「お前も一人で色々できてすごいぞ。でも、都には新しいことがたくさんあるから、一緒に覚えていこう」

いずれもっと広い世界を見せてやらないと、と思いつつ、改めてミフルは籠を覗《のぞ》いた。

自分用に選んだのは、一番柄の少ない宰相服だ。政《まつりごと》など何も分からないのに宰相服なんてな、と思うが、ほかにないのだから仕方がない。

ゆったりとした脚衣に足を通し、胴衣の上に裾の長い上衣を被って綬帯《じゅたい》を締める。イザークやミフルの父は更に上着を羽織り、首飾りなどをしていたが、ミフルにそれらは不要だろう。が、装飾品はともかく、昨夜王から賜《たまわ》った長剣だけは綬帯にしっかり挟み込む。

なんでも王の霊力が込められていて、魔物を斬る力が倍増するのだそうだ。大宰相であるイザーク然《しか》り、攻撃力の高い霊獣使は魔物討伐に駆り出されるので、獅子のミシャカも「使える」と見做《みな》されたのだろうが、どんな理由であれ身を守れる武器をもらえたのはありがたい。

身支度を整え終わったとき、狙いすましたかのように窓が叩かれた。

「ミフル、おはよう」

ロスタムに乗ったイザークを見て、無条件に顔をしかめる。

無視してやりたいところだが、ラクシュの前でそれはあまりにも大人げない。

「どうして窓から来る」

渋々開けると、イザークがロスタムごと中に入って来た。

「入り口の鍵が閉まっていたんだから仕方ないだろう」

鍵の意味とは。

「ああ、ラクシュ、おはよう。よく眠れたか？」

「はい！　よく眠れました」

一晩一緒に岩山で過ごしたからか、ラクシュはすっかりイザークに懐いている。

「それならよかった。朝食はまだだな？　ラクシュは甘い菓子は好きか？」

「す、好きです。ありがとうございます」

菓子だけではなく、小麦蒸餅《むしもち》や果物など、朝食一式が入った籠を受け取り、ラクシュが頬を上気させる。イザークに声をかけられて、しかも贈りものをもらって頬を染めない者などいない。

足蹴にするのはミフルくらいだ。

「何しに来た」

ミフルが言うと、イザークは肩を竦《すく》めた。

「何をと言われても俺も暇じゃないんでな。仕事だ」

「仕事？」

イザークは窓辺の椅子に腰掛け、籠から竜の実を取ると、皮ごと齧《かじ》りながら「茶を淹れられるか？」とラクシュに微笑んだ。

「はいっ」

ラクシュが元気に返事をする。ミフルは一つ溜息をつき、駆けて行くラクシュにミシャカをついて行かせた。勝手知ったる家ではないが、ラクシュのことだから茶くらい淹れられるだろうし、ミシャカがついていれば心配もないが、ラクシュがイザークを慕っていることに単にむかっ腹が立つ。

「さて、大人の話だ」

歯形のついた竜の実を卓に置き、イザークが足を組む。椅子はもう一脚あったが、イザークと正面から向き合う気になれず、ミフルは立ったままイザークを見下ろした。

「王妃の夢とやらがなんなのかは分からんが『何か』が起こるまでお前を放っておくほど国も甘くないんでね。とりあえずお前には俺の下で働いてもらう。ほかの宰相たちより立場は上だが、どこかの長になるわけではない。要は大宰相見習いといったところだ。いずれ右宰相になるといっても、今のお前は国のことを何も知らないのと同じだからな。朝から晩まで俺の傍にいて、できるだけ早く仕事を覚えろ」

ミフルの意思を問う言葉は続かない。これも決定事項なのだろう。

「現右宰相の俺の父ではなく、お前の下につく理由は？」

悪態をつきたいのをこらえて訊くと、イザークは鼻を鳴らした。

「お前ももう気づいているだろうが、左宰相家と右宰相家は代々反目し合っている。神話は綺麗に作られてるけどな、そもそも大宰相家が二つあるのだって、互いに牽制させて一つの宰相家に力を持たせすぎないようにするためだろう。宰相家による王家転覆防止策、ってわけだ。それでもだ。王家に踊らされていると分かっていても、両宰相家はいつまで経ってもつまらん争いをやめない。お前たち母子を俺の父が追い立てたことで……その亀裂も『つまらんもの』とは言えなくなった」

イザークは一度目を伏せ、続けた。

「お前を守ると言ったことに嘘はないが、正直お前の帰還を疎ましく思っているやつもいる。でも、お前が俺の下に入ったとなれば、直接的には誰もお前に手出しできない。俺に喧嘩《けんか》を売ることになるからな。分かるか？　両宰相家、特に俺のところのうるさいやつらを黙らせるにはこれが一番早いんだ。右宰相殿の了解も取ってある。不本意だろうが、ラクシュのためにも今はこれが最善だと分かってくれないか」

反射的にイザークを睨みつける。わざわざ言われずともラクシュのことを考えていた。

ラクシュの目には入らないようにしたが、昨日の宴でもあからさまな冷たい視線は感じていた。左宰相家の者たちからは当然、右宰相家の者たちからも畏怖の目線を。

イザークの言いなりになるのは気に食わないが、確かに提案は最善の策なのだろう。

ラクシュだけは守らなければいけない。ミシャカに「おかしなやつが来たら喉笛を噛み切れ」と言ってあるので大丈夫だろうが、イザークの後ろ盾を得られるなら心強い。

それに、イザークに関しても、腹のうちが分からない間は隣で見張っていたほうがいい。

「分かった。お前の言うとおりにする。でも」

言いながらイザークの腰に目を落とした。そこには変わらず長剣とミフルの小剣が差してある。

「それ、返してくれ。もう刺す気はないから」

イザークが胸に手を置き、わざとらしく驚く。

「やっぱり俺を刺そうとしてたのか」

「いざというときは、だ。お前が何もしなければ刺さない」

苦笑しながら小剣に触れ、イザークはミフルを見上げた。

「王から霊力入りの剣をもらっただろう？　この剣は確かによくできているが、それ以上でもそれ以下でもない。それでもお前がこれを返して欲しいわけは？」

嫌な男だと思った。知っているくせに。

「それ以上かどうかは俺が決める。第一聞かなくたって分かっているだろう」

「分からないな」

「嘘をつけ。大体なんでお前に理由を話さなくちゃいけないんだ」

「知りたいからだ」

はぐらかすような答えに怒りを通り越して呆《あき》れる。暇じゃないんじゃなかったのか。

「からかってるならいい加減にしてくれ。お前が知ってる以上の理由なんて本当に……」

溜息混じりに言うと、イザークが立ち上がった。いつの間にか顔から微笑みが消えている。

「俺が知っているのは『俺が報告を受けたことだけ』だ。お前が本当は何を思っていたのか、どう生きてきたのか、俺はそれをお前の口から教えて欲しい。でもお前はそれをしようとしない。なぜか。お前が俺のことを少しも信用していないからだろう。そんなお前に俺が剣を返すと思うか？」

余裕の態《てい》で話していたのに急に真顔になる。翻弄されている自覚はあったが、どう返すのが正解なのか分からず口籠《くちごも》った。

剣を返してもらいたかっただけなのに、どうしてこんな話になっているのか。

「お前を……信用するとでも言えばいいのか」

「口先だけの信用になんの意味もないぞ」

イザークのことが分からない。

「お前だって……俺のことなんか信用してないだろう！」

怒鳴ると、イザークは即答した。

「俺はお前を信用してる」

唖然《あぜん》としてイザークを見つめる。

イザークの瞳は昨日と、お前が好きだと告げたときと同じだった。

この男は本当に——なんなんだ。

「お前のことだけは信用している」

好きだとか、信用しているとか。

よくもそんな大事な言葉を。

「お待たせしました！」

ミシャカが鼻で押した扉から、ラクシュが入って来る。

何かを感じたのかミフルの顔を見てラクシュは立ち止まったが、イザークが促すと奥に入り、卓の上に茶を置いた。

「水も薪も調理場にあったのですぐに湯が沸かせました。どの茶葉がいいか分からなかったので、手前にあったお茶にしましたが」

「ありがとう、ラクシュ。とてもいい匂いだ。じゃあ朝食にするか」

「イザ……」

イザークが唇に軽く人差し指を当てる。彼はラクシュとミフルを椅子に座らせると、自身はロスタムを椅子にして座った。

「ミフル、眉間に皺が寄っているぞ。うまいものを食べているときに難しいことを考えるな」

誰のせいだと思ってる。

イザークを睨みながら、出かかった言葉を茶と一緒に飲み込んだ。

ミフルを伴ったイザークが現れるなり、それまでざわついていた議事堂が一気に静まった。長机には三十人からなる宰相たちが既に集まっており、部屋の隅には王子のファルンまで座っている。

イザークが奥に進んで行くと、王子以外の者が立ち上がって次々に一礼したが、ミフルはイザークの後ろをついて行きながら、自分に投げられる視線に昨日と変わらぬ揶揄《やゆ》と悪意が含まれているのを感じ取った。霊獣をつれている者もいない者もいるが、わざわざ霊獣の反応を見ずとも分かる。

右宰相であるミフルの父は、机の奥に並んだ二脚の椅子の右側に座っていたが、イザークが着くと立ち上がり、イザークに向かって一礼したあとミフルに対しても目礼した。

母の亡骸について父に話したのは昨日の宴の前のことだ。

イザークが飲み込んだことを伝えると、父は胸に手を当てて驚いたあと、神とイザークに対して感謝の言葉を呟いた。

そのときになってようやく、ミフルは自分が思う以上に緊張していたことを知った。驚くほどにほっとしたのだ。自分の決断が父を苦しめなかったことにも、イザークが責められなかったことにも。

「では始める」

机の上にはアルダシールのみならず、周辺の国や砂漠までが描かれた地図が広がっている。

その地図の端に紙束を置き、イザークが立ったまま朝議の開始を告げると、やはり立ったままの宰相たちは一瞬虚を衝《つ》かれたような顔をしたが、すぐに表情を戻して各々の政務の報告をしていった。

皆が驚いた顔をしたのは、とミフルは報告の合間に思う。

ミフルの帰還は宴の席で通達済みだが、政務の場でもイザークから一言あると思っていたからだろう。「左宰相家のやつらを黙らせる」と言っていたので、その実ミフル自身もイザークから何かあるかと思っていたくらいだ。だが、こうして蓋を開けてみれば何かどころか、ミフルの紹介すらなかったという始末だった。

姫でもなし「守る」と公言して欲しかったわけではないが、イザークの口からミフルの立場を説明してもらえばラクシュの身も安全だと思っていただけに、がっかりしたというのが偽らざる本音だ。

しかしすぐに、違うかとイザークの横顔を見ながら思い直した。

イザークは「やつらを黙らせるには自分の下につくのが一番早い」と言っただけで、何かをすると約束したわけではないし、事実この立場にいるだけでもミフルは守られているのだろう。

第一、彼を信用していないと言ったのは自分なのに、がっかりしたも何もあったものではない。言葉を曲解した自分が悪い。過度な期待をした自分が馬鹿だっただけ。

結局信じられるのは自分だけだ。

大きな審議事項もなく朝議は坦々と進んだ。ミフルは一歩引いたところで全体を俯瞰《ふかん》しながら、自分がこの場にいること以外はきっと普段どおりの朝なのだろうと思った。

だが、ミフルを異分子だと思っていたのはミフル自身だけではなかったようだ。

「ところで、ちょうど霊獣の訓練の話が出たのでお尋ねするが、獅子の霊獣様は今どちらに？」

最後の報告が終わったときだった。声はミフルのすぐ左手、つまり左側の宰相たちの一番前から発せられた。

宰相たちの目がミフルに注がれる。中には噴き出したり舌打ちをしたり、これみよがしに隣同士で囁《ささや》き合ったりしている者もいる。

「どうなんです、ミフル殿。ご立派な霊獣様をぜひ見せてはもらえませんかねえ」

男は敵意を隠さない。昨日イザークに紹介されたときからずっとこんな調子だ。

黒い短髪は長髪の男が多い宮廷の中では特に目を引く。イザークを越える長身はいかにも防衛相だ。着ているのは宰相服ではなく動きやすそうな脚衣と短い上着で、鉄と革でできた胸当てをし、竜頭の柄飾りが特徴的な、ミフルからしたら無駄に大きな曲刀を担いでいる。確かミフルと同い歳。顔の作りはイザークと似ているが、もっとずっと粗削りで、言ってはなんだがクソガキそのもの。

「黙れアデル」

ミフルが男に冷たい一瞥をくれていると、イザークが言う。ミフルが直接言ってもよかったのだが、正直やり合いたくない相手だったので、イザークが間に入ってくれたのはありがたかった。

兄のイザークも厄介だが、弟のアデルは上を行きそうだ。これ以上面倒を増やしたくない。

アデルは黙ったものの、ミフルを睨むのをやめず、背後の竜もミフルを威嚇《いかく》し続けている。

心の中で溜息をつき、もうさっさと終わらせてくれと思っていると、イザークが紙束を脇に寄せ、地図の上に両手をついた。

「ミフル、黙らせるぞ」

突然の言葉にイザークを凝視する。

ミフルが驚いているうちに、イザークが声を張り上げた。

「今日は俺から報告がある。長年砂漠を荒らしている盗賊団に関することだから心して聞け」

イザークの気迫に押されたように、ミフルを嗤《わら》っていた宰相たちが一斉に姿勢を正す。

「まず、俺が夜中に砂漠の盗賊退治をしているという噂だが」

イザークは言って、ミフルに顔を向けた。

「あれはただの噂だ。俺はそんなことをしていない。夜中に一人で盗賊どもをのしていたのは、俺じゃなくてここにいるミフルだ」

場がどよめき、ふたたび視線がミフルに集まる。

ミフルは大きく息を呑んだ。

「お前……知って……」

「当たり前だ」

動揺するミフルに構わずイザークは続けた。

「十年間だ」

誰も何も言わない。

「ミフルはこの十年間、十五のときから一人で獅子に乗って夜中の砂漠を駆けてきた。砂漠の広さを言い訳にして、俺たちが捕まえられなかった盗賊どもを倒すためにな。誰に褒賞をもらうわけでも、名誉を得られるわけでもないのに、それでもミフルは砂漠の安全のために何度も盗賊と対峙《たいじ》してきた。この中に誰か一人でも、一度でも、盗賊を倒すために己の良心から砂漠を駆け回った者がいるか？なんの訓練も受けていない十五のときに、一人で盗賊とやり合う度胸があった者はいるか？」

返事をする者はいない。

沈黙が耐えられずにミフルは言った。

「砂漠の安全のためとか、そんな大層な理由じゃない。俺は、ただ……」

俯いて唇を噛む。十年前、正確には十一年前のことが頭に蘇り、胸に悲しみが込み上げた。

助けられなかった。救えなかった。

自分は目の前にいたのに。

「ただの、自己満足だ。それに、俺は盗賊を壊滅させたわけじゃない。痛い目を見せて追い払ってただけだ。殺したことも、ない」

捕まえたところで容れる檻《おり》がない。殺せば盗賊と同じになってしまう。

倒しても倒してもやって来る盗賊。終わりのない不毛な闘い。

言葉どおり、砂漠の中で砂を払うような行為に、いったいどれだけの意味があるのだろうと何度も思った。

それでもほかに方法がなかった。怒りと悔しさをぶつける先をほかに見つけられなかった。

「どんな理由であれ、お前とミシャカが砂漠で闘ってきた事実は変わらない。それによって救われた者がいることも」

ミフルだけに聞こえるようにイザークが囁く。それから彼は人差し指で地図を叩くと、皆に聞こえる声で言った。

「ミフル、今盗賊はどこにいると思う？」

唸りとも、感嘆とも取れる声を発したあと、宰相たちがミフルの言動に注視する。今や両手を机に置き、身を乗り出している宰相たちの瞳にミフルを嘲《あざけ》る色はない。

ミフルは地図を確認しながら記憶を整理した。

王都エステルがここ、絹の道がここ、ミフルたちが住んでいたところは北の連山の近く。目印となる大きなオアシスは三箇所、人喰い獣が棲《す》むため『魔獣の山』と呼ばれるナルビル山は、ここ。

「この辺り……このオアシスと、このオアシスの間に大きい賊がいると思う。ここ何日かで動いていたとしても精々ここだ。北はだいぶ叩いたから行かなくなってるし、魔獣の山にはどんな賊でも近寄らないから。正直、こいつらがいるのは……大勢で移動しながら砂漠を荒らしているのには前から気づいてたけど、数が多すぎて……手が出せなかった」

「なんだ、びびったのか？　獅子様も大したことねえな」

もはや言葉遣いすら繕わず、アデルが毒づく。不屈の根性は見上げたものだ。

「集団相手に手加減を間違えたら殺してしまうからだ。盗賊は魔物じゃなくて普通の人間だからな。ミフルはお前のように考えなしじゃないんだ」

イザークに窘《たしな》められてアデルが鼻を鳴らす。ミフルは続けた。

「やつらは新月に移動するけど、隊商を襲うのは満月の日が多い。顔を見られることを恐れてないんだ。やつらに襲われて生きている人間はほとんどいない。どころか必要もないのにめった刺しだ。ほかの盗賊からも煙たがられてる……残忍なやつらだ」

「クソが。やっちまえばよかったのに」

吐き捨てたアデルを今度はイザークも咎《とが》めない。

自分も本当は何度も迷ったということを、ミフルは拳を握って辛うじて胸の中にとどめた。殺したほうがよかったのか、どうだったのか。

正解は分からず、でもそうしなかったのは、あの男と同じになりたくないという一点からだった。

ミフルが本当に倒したい相手はおそらくその中にいる。十一年前、満月の夜に見たその顔を、一日たりとも忘れたことはない。

イザークが地図を指で二度叩いた。

「準備ができ次第ここを叩く。ミフル、賊の人数は？」

「少なくて百三十。多ければ百五十いる」

「アデル、次の満月までに精鋭部隊を編成しろ。鷲部隊を忘れるな」

「了解」

「ハジールは牢屋の確保をしてくれ。大捕物だ」

「承知しました」

イザークが指示を出すごとに、宰相たちが一丸となっていくのが分かる。

イザークはふと物腰を変え、ミフルの父に顔を向けた。

「トーサル殿、まだ宮殿に戻って間もないですが、ミフルを連れて行ってもよろしいでしょうか」

父はミフルに一度目を向けたが、すぐに頷いた。

「イザーク殿が……真にミフルのことを考えてくれているのがよく分かりました。ミフルのことは貴殿に任せてありますし、貴殿がそう言うならそれがよいのでしょう。何より息子自身が行きたそうだ」

誰にともなくミフルは頷く。この機会を逃せるわけがなかった。もしかしたらこの手であの男を捕まえられるかもしれない。

「ありがとうございます。今回はミフルの経験が必要になると思ってのことです。心配されずとも、ミフルのことは必ず私が守ります」

トーサルに誓うとイザークは皆に向き直った。

「朝議は以上だ。詳細は追って知らせる。最後に」

最後までイザークの声は力を失わない。

何を言うのかと思っていると、おもむろにイザークが頭を下げた。

「ミフルは俺が頼んで宮殿に戻ってもらった。何が起ころうともすべての責任は俺にある。だから、どうかミフル・スーレーンと、彼の友のラクシュを快く宮殿に迎えてやって欲しい。これは大宰相としてではなく、イザーク・カーレーン個人としての頼みだ」

俄《にわ》かには信じられず、目を見開いてイザークを見つめる。

イザークの言動にも驚いたが、何よりも目を疑ったのは、ロスタムがイザークの肩に乗ってこうべを垂れたことだった。

どれだけ霊獣使に忠実だとしても、霊獣は決して本心に背くことはしない。何があろうと魂は嘘をつかない。

つけない。

誰かが息を呑む音にミフルは我に返ったが、同時にイザークの向こうで、ミフルの父も頭を下げているのが見えた。

「私からも頼みます。どうか、このとおりだ。情けないが、ほかに言葉が出てこない」

父は机に置いた両手で拳を作り、全身を震わせながら、その上に強く額を押しつけた。

「二十年前も、私は何度も王に『頼む』と言った。今も、ほかに何を言えばよかったのか分からない。だが、頼む。もしまた息子を追放すると言うなら私をそうしてくれ。石を投げたいなら私に投げてくれ。殺すと言うなら、私を殺してくれ」

アデルが脇を向く。右宰相家の者が目を覆う。

「頼む」

両手を強く組み合わせ、頭を下げ続ける父から、ミフルは目を逸らすことができなかった。


議事堂の隣にある左宰相の間で書類を片付けたあと、イザークはミフルに宮殿の中を案内した。

武器庫、鍛冶場《かじば》、図書館、宝物殿、神殿と併設された星見の塔。神に捧げるための舞楽舞台に、高位の霊獣の水浴び場としての聖なる泉。野外にある鍛錬場は、討伐に行く際には獣使たちの集合場所にもなる。

歩きながら、ミフルは、自分が宮殿についてほとんど何も覚えていなかったことを改めて実感した。天麟の彫像が丸屋根に乗っている建物が神殿と分かったくらいで、ほかにはっきり覚えていたことといえば、王宮の左右に両宰相家の屋敷があったことくらいだ。

宮殿を一回りすると、イザークが言った。

「ラクシュを迎えに行くぞ。昼食と夕食は毎日俺の屋敷で摂る。いいな？」

今朝の朝議がなかったなら、嫌だと言っていたかもしれない。けれど今では、無闇にイザークに反抗しようという気持ちがなくなっていた。

完全に信用したわけではないし、まだまだ彼のことは分からないけれど、でも、イザークは誠意を見せてくれているし、何よりラクシュのことをいつでも気にかけてくれる。

「俺が嫌だって言ったって、どうせお前はそうするんだろう」

それでも、イザークへの態度をどう変えればいいのか分からずにそう言うと、イザークはどこか面白そうに含み笑った。

昼食を終えると隣国の使者との会談があった。その後ふたたび書類を片付け、軽く休憩を挟んでから、イザークは陽が落ちる前に鍛錬場へと足を向けた。

小競り合いには行かないが、魔物の大群や大きな捕物のときにはイザーク自ら指揮を執る。肉体と剣の鍛錬はイザークの日課で、イザークはミフルにもこれからそれをするよう求めた。

定期的な王への政務報告もある。都や地方を見回ることもある。

宮殿だけではなく、大宰相の管掌範囲はこの国全体だ。

無駄口一つ叩かず、日がな一日淡々と務めをこなすイザークを見て、ミフルは思わざるを得なかった。

岩山までミフルを迎えに来たのは、王命だったからだろうが、ラクシュの母の墓を一緒に掘ってくれたのは、イザーク個人の意思だったはずだ。

ラクシュが小さな手で土を掻く間、イザークは一度も急かすような真似をしなかった。ミフルの家で寛《くつろ》ぎ、ミフルとラクシュが準備を終えるのを静かに待っていてくれた。

ほかにも、やることが山ほどあっただろうに。

政務を終え、夕食を終えたときには月が高く昇っていた。

「イザーク」

屋敷まで送ってくれたイザークのことを、ミフルは呼び止めた。

「なんだ」

昨日「ミフルが好きだ」と言ったのが嘘のように、イザークは平然としている。

恋愛感情といってもうまく話せたらいいという程度なのではないか。何か一緒に仕事をするとか。

いや、そんなことを考えている場合じゃない。イザークに言わなければいけないことがあったはずだ。ラクシュを気にかけてくれていることや、朝議のことも。

呼び止めたものの、自分の感情を纏められずに首を振った。彼に「お前なんか嫌いだ」と言ったのは昨日のことなのだ。

「いや……明日も頼む」

何か思うように無言でミフルを見たのち、イザークは口角を上げた。

「こちらこそよろしく頼む。疲れただろう。ゆっくり休めよ。ラクシュもおやすみ」

ロスタムの上で半跏を組んだイザークが腕を伸ばす。

彼はラクシュの頭を撫で、最後にもう一度ミフルに微笑んでから帰って行った。

「イザーク様……格好いいね」

月に向かってロスタムが飛んで行く。

子供は、素直だ。

「中に入ろう」

「うん」

ミフルはラクシュを促し中に入った。

さすがに朝から色々あり、体というより頭が疲れている。早く湯浴みをして休みたい。

しかし、願いは思わぬ形で妨げられることとなった。

半時間後、やって来た使者に連れられ、ミフルは王宮の中にある王子の私室にラクシュといた。

「ミフル、遅くにすまないね。ラクシュも」

ファルンに笑顔で椅子を勧められたが、丁重に断る。警戒していたわけではなく、単に気が引けたからだ。

「ほら、お前も挨拶しなさい。一人でできるだろう？」

だが、ファルンが隣に座る子供にそう言ったところで、ミフルは慌てて膝をついた。これまで何度か顔を合わせているが、王子の息子に挨拶をしたことはない。

「ご挨拶が遅れて申し訳ありません。右宰相家のミフル・スーレーンと申します」

「ああ、すまない。君にそういうことをさせたかったわけではないんだ。これではいけないのだろうが、どうも私はそういう堅苦しいことが苦手でね。ほら、アミール、ご挨拶は？」

ファルンに言われ、膝をつくミフルの前に子供がやって来る。子供は裾が広がっている上着を纏い、頭に布を巻いていたが、それがふっくらとした頬に似合っていていてとても可愛かった。

「こにちは。アミール。さんさい」

何度もこういう経験があるのだろう、アミールが短い指を三本立ててミフルに見せてくる。

「アミール、『こんにちは』じゃなくて『こんばんは』だよ」

「こばんは？」

つい頬が緩む。ラクシュの小さなときを見ているようだ。

「はい、こんばんは。アミール様」

ファルンは嬉しそうな顔で頷き、ラクシュを見た。

「アミール、ミフルの隣にいる子がラクシュだよ」

アミールがラクシュの前に来る。ラクシュは膝をつこうとしたが、それを止めたのはファルンだった。

「ラクシュ、どうかそのままで。アミールには年頃の友達がいなくてね。君が遊び相手になってくれたら嬉しい」

ミフルが驚く隣で、アミールがラクシュを見上げる。

「ともだち」

そう言われても、ラクシュは声も出せないようだった。

戸惑いが手に取るように分かる。ラクシュにとっても初めての友達なのだ。

「おにごっこ！」

突然、きゃーっとアミールが両手を上げて走り始めた。

「アミール、遊ぶならあちらの部屋で遊びなさい。無理を言ってラクシュを困らせてはいけないよ」

ファルンが笑いながら手元の鐸鈴《たくれい》を振ると、外から侍従が入って来た。ラクシュは心配そうにミフルを見たが、ミフルが頷くと、アミールと侍従と一緒に部屋から出て行った。

「ミフル、そんなに畏《かしこ》まらず、どうか掛けてくれ。私は君が戻ってくれて嬉しいし、本当に感謝しているんだ」

あまり固辞しても失礼になるだろう。ミフルはファルンの向かいに腰を下ろした。

「ありがとう。いや、君とはゆっくり話したいと思っていてね。早速ですまないが、あの子がどういう経緯で君と住むことになったか訊いてもいいだろうか。決してあの子の素性を気にしているわけではないが」

ファルンの声音は柔らかかった。

「お話しするのは問題ありません。ラクシュを信用してくださったことにも感謝いたします。ですが、私は王家を恨んでいてもおかしくない者で、ラクシュに関してもファルン様にとっては赤の他人です。にもかかわらず、なぜこれほど我々を信用してくださったのか、私には理解しかねます。少しでも危害を加える恐れのある者をアミール様に近づけるなど……本来であれば考えられないことです」

ファルンは眉尻を下げた。

「そうだね。君の言うとおりだ。侍従の中にも同じことを言った者がいたよ。でも、君のことはイザークが信用していたから。だから私も信用したと言えば納得してもらえるだろうか」

「イザークが信用していたから、ですか」

驚くミフルにファルンは頷き、卓に肘をついて両手を組んだ。

「今朝、イザークが頭を下げただろう？　君のために」

「……はい」

睫毛《まつげ》を伏せて肯定する。

ミフルのために。そうだ。ほかに言いようがない。

「実を言うとね、かなり驚いた。『あのイザークが』とね。そう思ったのは私だけではないと思うよ。ところで」

黙って続きを待っていると、予想もしていなかったことをファルンは言った。

「君はイザークのロスタムをどう思う？」

質問の意図が分からず瞬く。

ロスタム。イザークの背後の青い竜。

「どう、とは」

「美しいと思うかな？」

困惑しながら考えていると、イザークの肩でこうべを垂れる姿が頭に浮かんできて、嘘をついてもややこしくなるだけだと思い、正直に答えた。

「思います」

ファルンは数度頷いてから更に尋ねてきた。

「恐ろしいと思ったことは？」

それにはすぐに返事ができなかった。答えにためらったからではなく、質問そのものに驚いたからだ。

ロスタムが恐ろしい？

「いえ……恐ろしいと思ったことは、ありません」

「一度も？」

「一度も」

言い切ると、ファルンは感嘆するように息をついた。

「それは君の霊獣が同じだけ強いからなのか、それともロスタムが君にだけ優しいからなのか」

言葉は独り言のようで、ミフルは何も言えなかった。そもそもファルンが何を言いたいのかが不明だ。

「ミフル」

ファルンは眩《まぶ》しげに目を細めた。

「美しすぎるものと無垢《むく》すぎるものは恐ろしいんだ。何を考えているか、次に何をしでかすか分からなくてね。ロスタムは美しすぎて、私はときどき恐ろしくなるよ」

ファルンはそう言ったが、ミフルは同意できずに睫毛を伏せた。それほど会っていないからだと言われればそれまでだが、どう考えてもロスタムのことを恐ろしいとは思えなかった。何を考えているかは確かによく分からないのだけど。

「私は……闘うロスタムを見たことがありませんから」

「そういう意味じゃないのは分かっているだろう？　私が言っているのは普段の彼のことだ」

なんと言われようとも彼――イザークの魂を怖いと思ったことはない。

ファルンは溜息をついた。

「君の霊獣が出て来たとき、イザークは君に会いに行こうとして、でも止められて。ひどく暴れたようでね、君が追放されてからも、しばらく部屋から出せなかったと聞いている」

思わず目を見開いた。

「私も実際見たわけではないから、どの程度暴れたのかは見当もつかないけれど。でも、ひとつきもしてから出て来た彼は、確かにとても八歳とは思えないようなひどいやつれ方をしていた。この子は大丈夫なんだろうかと、あのときの私は君のことよりむしろイザークのことを心配していたくらいだ」

愕然としながら「なんだそれは」と思った。

イザークが暴れた？　部屋に閉じ込められていた？

ミフルに会おうとしたために？

ファルンは重い口調で続けた。

「けれど、心配していたのは最初だけだった。私の心配はすぐに、イザークに対する畏怖に変わった」

「畏怖？」

眉根を寄せて繰り返す。恐ろしいだとか畏怖だとか、ファルンが持つイザーク像と、ミフルの中の彼の姿が繋がらない。

「君が知らないのは当然だけれど」

ファルンは言いにくそうに一度咳《せき》払いをした。

「君がいなくなってからのイザークは凄《すさ》まじかった。死に物狂いというのはまさにあれを言うのだろうね。修養、鍛錬は勿論のこと、十歳のときには魔物討伐を始めて、十二のときには早くも政務に携わっていた。十八になったときには既に、この宮殿の中で誰よりも大きな力を持つようになっていたよ」

ファルンの声には鬼気迫る響きがあった。

「誰よりも……？　大宰相でもなかったのに？」

イザークの父が亡くなったのは三年前だったはずだ。幾ら次期左宰相とはいえ、十八のイザークがそれほど強大な権力を持っていたとは思えない。

「彼が優れているのはこつこつと努力することだけではないよ」

ファルンは苦笑した。

「宮殿の中にも外にも狂信的なイザークの支持者はいたからね。あらゆる人脈、ときには金脈も使って、イザークは人々の頂点に上りつめていった。宮殿でイザークに恩を感じていない者、もしくは弱みを握られていない者はいない。大宰相となって民の心を摑んでからは、本気でイザークに逆らえる者はどこにもいなくなったんだ。つまり、分かるだろうか。朝議でしたように彼が頭を下げることは、これまで一度もなかったんだよ」

ファルンは小首を傾げた。

「さて、ミフル。なぜイザークはそれほど強い力を欲したんだろう？」

ファルンと目を合わせながら、なぜそれを自分に訊くんだと思った。

それを自分の口から言えと？

「分かりません」

「ミフルは嘘が下手だな」

返事は早かった。

「ミフル、どれだけ権力を手に入れてもね、イザークが何かを望んだことは一度もなかったんだ。領地でも財宝でも女性でも、イザークが欲しいと言ったら幾らでも自由になっただろうにね。でも、その彼が今になってたった一つ望んだものが君の帰還だった。偶然母が夢を見て、王も納得したから穏便に君を戻せたけど、もし王が君の追放令を解かなかったらイザークは最後の手段に出ていただろう」

「最後の手段？」

「王の首を取っていただろうね」

ファルンはこともなげに言った。

「まさか、そんな……。イザークは王に忠誠を誓って……」

「イザークは王家に忠誠など誓ってはいないよ。表向きはともかくね。忠誠どころか彼は誰のことも信用していない。おそらく君のこと以外は。君を追放したときから、王家はイザークにとって敵になったんだ」

何も言葉が出てこない。

イザークはいったい何を考えていたのか、なぜミフルに戻って欲しかったのか。

既に答えを知っていて、改めて考えてみる必要もなかった。

――お前のことが好きだからだ、ミフル。

「私に……どうしろと？」

ファルンは首を振った。

「何も。それは私が口を出すことじゃない。ただ私は『イザークが信用している者を疑う道理はない』というのを説明したかっただけだ。王の首を取るなんて言ったけれど、私はイザークを信用しているし、彼に恩を感じている側だからね」

ファルンはそこで鐸鈴を鳴らし、茶を持って来させた。

せっかく出された茶に口をつけられずにいると、ファルンが言った。

「ラクシュが君といる理由を訊いても？」

はっとして頷く。

イザークの話に気を取られていたが、ファルンが尋ねていたのはラクシュのことだ。

ミフルはひとくち茶を飲んでから話し始めた。

「私が十五のときです。砂漠で盗賊と遭遇しました。賊は既に隊商を襲ったあとで、私は偶然その近くにいました」

その日はつまらぬことでビザンに反抗し、たまたま夜の砂漠に出ていた。遠くから喧騒が聞こえてきて、何やら火も上がっていたので、気が立っていたこともあり、ミシャカと不用意に近づいた。

「砂埃の中から、赤子を抱えた女性が走って来ました」

赤子は激しい泣き声を上げていた。満月の光が恐怖に引き攣《つ》る女性の顔を照らしていた。

「私の目の前で、女性は背後から斬られました。女性が倒れると盗賊はまた剣を振り上げましたが、私と目が合うと逃げて行きました」

骸骨《がいこつ》のように頬の削《そ》げた、右目を眼帯で覆った男。

怒り、そしておそらくそれ以上に恐怖から、ミシャカの体が発火するのをそのとき知った。

ミシャカは全身を真っ赤に燃やしながら、唸り声と一緒に口から火の柱を吐き出した。あと少しでも逃げ足が遅かったら、男は焼け死んでいただろう。

「そのときの赤子がラクシュです。ラクシュの母は私に、ラクシュのことを頼んで亡くなりました」

盗賊より女性のことが気になり、転げるようにして女性に駆け寄った。

虫の息で「どうかこの子を殺さないで」と言った顔は絶望していて、ミフルのことを盗賊の一味か、もしくは魔獣使いだと誤解していたことは明らかだった。

——違う、俺は盗賊じゃない。

鼻を覆っていた布を取り、ミフルは十五の顔を見せた。抱き起こしたほうがいいのか、触らないほうがいいのか分からず、震える手を無意味に空《くう》で動かしていることしかできなかった。

——よかった。

最期に、女性は、涙を流しながら微笑んだ。

――どうか、お願い、この子を。

どうかラクシュを助けてやって。

「私は女性に『分かった』と約束をしました。以来十一年間……私はラクシュと住んでいます」

実際にはビザンと一緒にラクシュを育てた。

女性の亡骸をミシャカに乗せ、ラクシュを抱き、がたがたと震えながら家に戻ったミフルを、ビザンは「大丈夫だ」と一晩中肩をさすって宥め、翌朝、まだ温かい母乳をどこかから調達してきてくれた。

――ミフル、赤子に必要なのは涙じゃなくて乳だ。

気持ちだけでは子は育てられん。

ミフル一人だったらちゃんと育てられていたか分からない。

ビザンがいてくれたから、ミフルはラクシュの母との約束を守れた。

「その話を、あの子は？」

ファルンはしばらく黙って話を聞いていたが、悲愴《ひそう》な面持ちで尋ねてきた。

「知っています。十になったときに話しました。母の墓があったので、何かしらの覚悟はしていたようです」

「そうか……イザークもその話を？」

「……知っていると思います」

ミフルが話したことはないが、ビザンから聞いているはずだ。或《あ》るいは鷹の仕獣から。

「そうか」

それから一頻《ひとしき》りファルンは黙った。瞳は卓の中央にとどまっている。

組んでいた手をほどき、ファルンは片手を目元に置いた。

「君は……私が思っていたよりずっと苛酷な日々を送ってきたんだね。君にどう詫《わ》びたらいいのか私には本当に分からない。君が追放されたとき私は十三で、父に何かを言えるような立場になくて。けれど、今こうして神託を受けて君を戻すことになるなら、あのときにも何か方法があったんじゃないかと思ってしまう。何を今更と思うだろうが、先ほどアミールを見ていたら子供のときの君を思い出して……。君はアミールと同じように元気で、赤い髪を揺らしていつでも笑っていて……」

翳る目元を見ていると、普段は若々しい王子が年相応に見えた。どれだけ若く見えようとも、ファルンはミフルより七つ年上で、更には子供の「父親」なのだ。

「砂漠にいたから……ラクシュと会えました」

王子が顔を上げ、揺れる瞳でミフルを見る。

あなたのせいではないと、詫びる必要はないと、ほかにも言葉はあったかもしれないが、ミフルはそれ以上何も言わなかった。

彼にはその一言だけで伝わると思ったのだ。

「ラクシュはミフルに会えて幸せだな」

目尻をさっと指で拭い、ファルンが笑う。

きっとファルンも、ラクシュが本当に幸せかどうかは彼自身にしか分からないと知っていただろうが、それでもファルンの言葉を聞いて、気恥ずかしさと一緒に何か熱いものが胸に込み上げた。

ラクシュを育てることで精一杯だった。誰かが自分といて幸せかもしれないなんて、これまで一度も考えたことがなかった。

逆のことは、それこそ死ぬほど考えたけれど。

「……ところでファルン様、一つお尋ねしてもよろしいでしょうか」

ファルンの頬に赤みが戻ってからミフルは訊いた。話を変えたかったたし、ファルンが零《こぼ》した「神託」という言葉も気に懸《か》かっていた。

「なんだろう？」

「王妃が見られた夢というのは具体的にどんなものだったのでしょう。私を宮殿に戻さなければ国が滅びるとのことでしたが、戻って来たからもう心配はないということなのでしょうか」

王子は難しい顔つきになった。

「そればかりはなんとも。母も具体的には何も分からないらしくて、今はほかの神官を通して新たなお告げを待っているところなんだ。このまま何も起こらなければいいのだけど……」

「そうですか……」

「ミフル、すまないね。本来なら母も君を迎えなければいけないのに。気分が優れないと言っているが、なんとなく、私は母が君に罪悪感を抱いているような気がするよ。落ち着いたら話もできると思うから、もうしばらく待ってくれないか」

ミフルは首を振った。

「問題ありません。私のことはお気になさらず」

その答えは本心だった。すっきりしないものはあったが、何も分からないのだからミフルも動きようがなかった。王子が気にしてくれているだけでもありがたい。

「ああ、でも、はっきり分からなくても、母は何か感じているのかもしれない」

ファルンは細い顎に手を当てた。

「分からないと言いつつ、私を見るといつも何か言いたそうな顔をするんだ。どうかしたのかと訊いても結局なんでもないと言うのだけど……。もし何か分かったら君にはすぐに知らせるよ」

それはなんなのかと一瞬考え、やめた。

イザークの二十年、アデル、アミール、王妃。さすがに頭がいっぱいだ。

「よろしくお願いします」

下げた頭の中で様々な人の姿が錯綜《さくそう》する。

なぜだ、と思うのに、一人の姿がいつまで経っても消えなかった。

何事もなく一週間が過ぎた。

イザークはその朝、ミフルの部屋の窓ではなく正面扉からやって来た。

「おはよう、ミフル、ラクシュ。用意はできているか？」

入り口でイザークを出迎え、礼儀正しく挨拶を返したのはラクシュだけだ。ミフルは口を閉じたま
ま、笑いかけてきた男の全身に思わず視線を走らせた。

普段は白や黒ばかり着ているのに、今日のイザークは目が覚めるような青い宰相服を着ている。ま
さしく背後のロスタムと同じ色だが、これは休日だからかはたまた外出するからか。

ミフルが黙っていると、飄々《ひょうひょう》とした顔でイザークが小首を傾げる。

「どうした？　俺に見蕩《みと》れているのか？」

この男のことで心を乱した自分を消したい。

「ぶん殴ってやろうか」

冷たく言ったのに、何が楽しいのかイザークは額に手を当てて笑った。

「じゃあ行くか。そうだ、今日はアミール様も一緒に行くことになってな」

朝から苛立ってしまったが、アミールの名前にミフルは眉間の皺をほどいた。ラクシュも一層笑顔
になる。すっかり懐かれたようで、ラクシュは昨日もアミールに呼ばれて王宮に行ったばかりだ。

明日は久しぶりの休みだ、とイザークが誘ってきたのは昨晩だった。

――都に曲芸団が来ている。王都見物も兼ねてラクシュと行くか？

ミフルに行かないという選択肢はなかったと思う。どれだけ葛藤したとしても。

「アミール様も？」

「ああ。馬を用意していたらちょうどファルン様とアミール様がいらしてな。話しているうちに『ぼくもいく』と」

屋敷の前にはイザークとミフルが乗るとみられる二頭のほかに、鷲部隊を乗せた栗毛馬が十頭並んでいる。

「道理で護衛が多いわけだ」

「あと狼《おおかみ》部隊が十頭つく」

「すごいな」

「王孫だからな。これでも少ないほうだ。ところでミフル」

不意にイザークがミフルの胸に目を落とした。

「ミシャカは？　お前の腹にもいないだろう？」

純粋に不思議そうな顔をしているイザークが呪わしい。

どうして気づくんだと心の中で舌打ちしながら、ミフルはぶっきらぼうに答えた。

「ミシャカは、いい。屋敷に置いていく」

イザークは途端に顔をしかめた。

「馬鹿言うな。一緒に連れて行くぞ。早く呼べ」

「断る」

「呼べ」

静かな、それだけに落としどころのない長い言い合いが続く。

頑としてイザークは引かないが、ミフルのほうにも譲るつもりはない。

ミシャカは連れて行かないほうがいい。

「ミフル、俺を本気で怒らせたいのか？」

「お前はいつも俺を怒らせてる」

本当に、どうしてミシャカのことでお前がそこまでごねるんだ？

不明。予期せず勃発した言い合いの出口も不明。さすがに鷲部隊は微動だにしないが、馬が次第に落ち着きを失《な》くしていく。

思わぬ声が間に入ったのは、不穏な空気が流れ始めたときだった。

「ミフル、どうして駄目なの？　ミフルは連れて行かないって言ったけど、僕もやっぱりミシャカと行きたいよ」

澄んだ瞳に見上げられて頰が強張《こわば》る。ミフルは目を逸らして溜息をついた。

油断していた。よもやこちら側からこう来られるとは。

ラクシュの気持ちは嬉しいしよく分かる。

何せ生まれたときからずっとミシャカと一緒なのだ。ラクシュからすればミシャカがいたほうが安心だろうし、なぜミフルが置いていこうとしているのかも理解できないのだろう。

けれど、それが分かるからこそ「連れて行く」と折れることも理由を言うこともできなかった。

岩山から宮殿に来る直前、ミフルと別れるのがラクシュのためだと言ってもラクシュは頷かなかった。そのときと状況は同じだ。この子供は「そんなの平気だ」と言うに決まっているのに、それが分かっていながら理由を伝えるのは卑怯だ。

ラクシュは人の目の恐ろしさを知らない。嫌悪される悲しみも。

「ラクシュ……駄目なものは、駄目だ」

昨夜の煩悶《はんもん》が胸に蘇り、俯く。

のちに悩んだとしても、イザークに誘われたとき、最初に胸に湧き起こったのは素直な喜びだった。本で読んでいただけの曲芸団。それを見たらどれだけラクシュは喜ぶだろう。実際、話を聞いたときの彼の顔といったら。

ミフル自身も曲芸団を見たことはなかったが、どこかに行きたいとか何かを見たいとか、そういう希望はミフルの中から既に失われてしまっていた。

だけどラクシュには色々見せてやりたい。ミフルも彼が喜ぶ姿は見たい。

ミシャカをどうしよう、と我に返ったのは、それらすべてを考えたあとだった。

都を歩けば――しかもイザークと――多くの人の目に曝《さら》される。

決してミシャカのことを恥じているわけではない。自分だけならミシャカと一緒に誰の前にでも出てみせる。

でも、ラクシュと一緒は駄目だった。そんな危険な目には遭わせられない。ミシャカといることでラクシュに何かあったらいったいどうすればいいのか。

もしも畏怖されたら、石を投げられたら、追われたら。

今だけではなく、ミフルと別れたそのあとまで。

ラクシュだけを行かせようかとも思ったが、さすがにまだ一人でイザークに預けることはできなかった。

ミシャカを置いていくのは、だからだ。何も考えずに決めたわけじゃない。

こうしている今だって本当は、ラクシュの脅威となるミシャカ――自分に対するもどかしさは胸の中にある。

「ミシャカが行かないなら僕も行かない」

ラクシュが唇を尖《とが》らす。はっとすると同時に頭を抱えそうになった。

これだから子供は。

「ミフル、お前が呼ばないなら俺がミシャカを捕まえるぞ。お前を縛ればすぐに出て来るだろう」

イザークが追い打ちをかけてくる。

「ふざけ……」

「俺に縛られるか、自分で呼ぶか、二つに一つだ」

イザークを睨んで拳を握る。けれど力が入らない。

本当は分かっている。イザークがなぜここまでミシャカにこだわるのか。

イザークはミフルの葛藤に気づいていて、その上でミシャカを隠そうとしているミフルに腹を立てているのだ。

「くそっ……」

イザークの瞳が「このまま逃げ続けるのか？」と言っている。

そのイザークの思いを、所詮お前にとっては他人事《ひとごと》だと撥《は》ねのけるのは簡単だ。

でも、ミフルがラクシュのことを考えているように、イザークがミフルのことを考えているのが分かり、だから、ふざけるなと、誰がお前なんかにと言って抗《あらが》いたいのに、抗えない。

「胸に……入れて行く。それでいいだろう。それでいいだろうっ」

俯いたまま拳を震わせて言った。この震えは怒りではなく怯えだ。

「いいだろう。俺はお前を苦しめたいわけじゃない」

返事をせずミフルが背を向けると、低い声が更に言った。

「部屋に閉じ込めてきたのか？」

声から苛立ちが感じられる。ミシャカをぞんざいに扱うことをイザークは許さない。

「……心配しなくても扉は開いてる。この服じゃミシャカが入らないから着替えるだけだ」

重い足を動かし部屋に戻ると、伏せていたミシャカがのっそりと起き上がった。

「一緒に行くから小さくなれ」

ウヌとも言わずミシャカが瞳を輝かせる。

嬉しそうに、すぐに小さくなった自分の魂が、どうしようもなくやるせなかった。

「イーザ、おうまさん！」

「そうですね、騎馬隊ですね」

「みて！　ほーおーとー、りゅーとー、なんかどーぶつ！」

「天麟ですよ。アミール様の霊獣です。宮殿の天麟は金一色で表されていますが、造った者も敬意を表して工夫したのでしょう」

イザークと馬に乗ったアミールが無邪気に手を叩く。ミフルたちが見ているのは広場の入り口に置かれたからくり時計だった。

歯車式の時計台は見上げるほど大きく、毎日十二時になると文字盤の下から木彫りの隊列や霊獣が出て来る。彩色されているばかりでなく、人形たちは腕や足を動かしていて、アミールのような子供でなくとも引き込まれてしまう精巧さだった。

「都って……すごいんだね。ああいう風にして時間を計ってるんだ」

ミフルと一緒に馬に乗ったラクシュが言う。からくり人形は当然のこと、回転する長針と短針によって時間を計る時計にもラクシュは驚いたようだ。

言われてみれば、一日が二十四時間というのは日時計によって教えていたが「都はこうだ」というのをあえて教えたことはなかった。ミフルたちが分刻みの時間を必要としていなかったからだし、ほかのものと同様、ラクシュに見せる機会がなかったからでもある。

「太陽と星の動きで時間が分かるお前だってすごい。でも、そうだな、もっと早く色々見せてやればよかった……」

ミフルが思い至らなかっただけで、何か都に連れて来る方法はあったのかもしれない。そう思うと溜息が零れそうになったが、たとえミシャカがいなかったとしても、やはりミフルの分しか許可証がなかったから連れて来られなかった。ミフルが自ら法を犯すのと、それをラクシュに強要するのは別問題だ。

といっても、その許可証ですら、結局イザークが用意したもの——国の押印入りの本物——だったわけだが。

考えずにいられない。もしもビザンがいなかったら、許可証がなかったら。

果たして自分はどれだけのことをラクシュにできていただろうか。

「今色々見てるよ。ね、ミフル、ミシャカにも見せてあげて」

ラクシュが笑顔で振り向きミフルのみぞおちをつつく。そこには少しばかり窮屈そうに布を押し上げているミシャカの鼻があった。

躊躇《ちゅうちょ》したのち、周りを窺《うかが》いながら服の留め具を一つ外すと、すぐにそこからミシャカが赤い鼻を出す。覆いのない新鮮な空気が嬉しいのだろう、ミシャカは鼻をひくひくとさせ、ほどなく服から顔を出し、物珍しそうにラクシュの向こうの時計を眺めた。

触れ合う体からじわじわと伝わってきたのは喜びで、急に切なくなる。思えばこの一週間屋敷から出さなかった。思いっ切り走らせてもいない。

心の中で詫びつつミシャカの鼻先を撫でる。人形たちが動きを止め、奥に下がって扉が閉まる。

「よかったな」

イザークから声をかけられたのには、気がつかない振りをした。

「テントが開くみたいだぞ。行くか」

イザークが広場の中央に目を移すと、馬から降りた狼部隊が隊列を作った。目指す先は曲芸団のテントで、鷲部隊は既にテントの周囲を警備している。

イザークに続いて馬から降り、天頂が尖った巨大なテントを改めて見ると、今また服を押し上げているミシャカの鼻のように見えた。もしもついたらあそこからは何が出て来るのだろう。

ミフルは俄かに明るい気分になり、ラクシュの手を取りテントに向かった。

テントの入り口には賑やかな色の布が幾重にも垂らされていて、その布を掻き分け中に入ると、香が焚《た》かれているのか薄靄《うすもや》が視界を覆ってきた。徐々に霞《かす》んでいく周囲から聞こえてくるのは、席に向かう観客のざわめきと、抒情《じょじょう》を揺さぶる弦の調べだ。

「大丈夫か？　よく見えないぞ」

イザークの背中に囁く。

これでは賊が隠れていても分からない。

「だから狼部隊を連れて来た。見えなくとも何かあったら匂いで分かる。大丈夫だ。すぐに靄は晴れる。こういうものだからな」

どうにも不安だが、イザークを信じるしかない。

ラクシュの手を引き、大人しくついて行くと、間もなく席に着いた。アミールがイザークの腿の上に座り、ラクシュを挟んでミフルが座るなり、背後と両脇に狼部隊が立つ。勿論一番後ろの席だ。

「ミフル……なんかわくわくするね」

よく見えないのに、ラクシュが忙《せわ》しなく周りを見回す。

「そう……だな」

答えたものの、そうなんだろうかと少し迷った。

わくわく。そうなのか？　心配でどきどきしているだけの気もする。

結構な人数が入っているのか、人の流れは中々途切れない。手持ち無沙汰になってしまったようで、アミールはすっかり後ろを向き、イザークの金の首飾りをいじっている。

いつ始まるのだろうと落ち着かない気持ちで待っていると、突如ドンと太鼓の音が響いた。

「始まるぞ」

イザークの声を、聞いたか聞かなかったか。

段々と強くなる太鼓の音に合わせ、前方から激しい風が吹きつけてきた。一気に晴れていく視界の向こうで、上半身裸の屈強な男たちが扇を振り回して靄を飛ばしていく。

中央に現れたのは緞帳を背後にした舞台だ。その緞帳の奥から、両端に火のついた棒を持った男たちが飛び出て来た。

男たちが舞台を踏み鳴らしながら胸の前で棒を回す。天井に向かって投げられた棒から真っ赤な火の粉が飛ぶ。棒を口に咥えて男が宙返りすると、アミールがきゃっきゃと笑って手を叩く。

胸に響く太鼓の震動。掻き鳴らされる弦。

曲調が変わったかと思うと、転がり出て来た大きな玉の上に一人の男が飛び乗った。男は恐ろしい面をつけていて、手には鞭《むち》を持っており、その脇で女性たちが小さな輪の中に体をくぐらせていく。

玉から降りた男が女性たちを攫《さら》って行くと、いきなりすべての音が止まった。

火も消えて舞台が暗くなる。観客が固唾《かたず》を呑んで見守る。

不意に明るくなった客席の間に目を向ければ、そこには右手に剣を、左手に蠟燭《ろうそく》を掲げた精悍《せいかん》な若者がいた。若者が何かを探すように辺りを見ながら舞台に行くと、動物に扮《ふん》した踊り子たちが慌てた様子で彼を取り囲む。動物が若者に耳打ちする頭上で、腕に鳥の羽をつけた男が細い綱の上を素足で渡る。

突然、囁きを破るように火花の音が上がり、今度はテントの入り口から魔物めいた男たちが飛び込んで来た。

場面が変わり、人が変わり、テントが熱気で膨らんでいく。

「すごい……ミフル、すごいね！」

声をかけられ瞬いた。

いつの間にかミフルも前のめりになって舞台を見ていた。ラクシュもアミールも大興奮だ。イザークだけが平然とした顔で、肘掛けに片腕を乗せて頬杖をついている。

ひときわ大きな歓声が上がり、目を戻すと、高く組まれた二つのやぐらに数人の男たちが登っていた。舞台の左右にあるやぐらの前には、更に高い台から両端を紐《ひも》で吊《つ》られた棒が垂れ下がっている。

初めに、左のやぐらの男が棒に膝をかけて逆さ吊りになった。男が体のばねを使って紐を大きく揺らし、体が水平になったところで右側の男が棒を摑んで飛び降りる。

二人の男が空中で揺れる。近づき、離れる。男たちの下にあるのは舞台だけで、揺れが大きくなるにつれて、テントが静寂に包まれていく。

男たちの息遣いが聞こえる。二人が何かを待っているのが、互いの鼓動を聞いているのが、ミフルにも伝わってくる。

棒を摑む男の手が離れた。しなる体が宙を飛ぶ。

互いを求めて伸ばされた手が、宙で一つに、繋がる。

一瞬の空白のあと。

割れんばかりの拍手がテントを揺らし、嵐かというような歓声が耳をつんざいた。

高鳴る胸に手をやると、いつの間にかミシャカが顔を出していた。でも構わない。誰もミシャカを見ていない。次から次へと飛んでゆく人々に皆釘《くぎ》づけだ。

炎が舞台で燃えている。金に輝く汗が飛び散る。

眩しい。暑い。知らなかった。

こんな風に生きる人々がいるのだ。

動悸《どうき》は一向にやまない。自分の中に別の生き物がいて、それが勝手に暴れているみたいだ。

初めての感情を持て余して、ふと脇を見ると、イザークは相変わらず頰杖をついていた。

初めてではないから何も感じないのか。こんなに興奮しているのは自分だけなのか。

「イザーク」

そう思うと、唐突に、イザークがこの人たちのことをどう思っているのか訊きたくなった。

どれだけ躍動的でも彼らは普通の人間だ。体力だけであればとても霊獣使には及ばない。

竜に乗り、自在に空を飛ぶ彼の瞳に、飛べない者たちはどう映っているのだろう。

「なんだ」

イザークに訊きたい——彼のことを知りたいと思った。

「彼らのこと、どう思う」

率直に訊くと、イザークはちらりとミフルを見たあと、舞台に目を戻して答えた。

「綺麗だ」

言葉が歓声をすり抜け耳に届く。

人々を見るイザークの眼差《まなざ》しが、柔らかいことに気がついた。

「誰かに喜びを与える者は綺麗だ。限界を目指して動く人々は美しい」

ミフルは無意識のうちに、ミシャカに手を当てていた。

「お前みたいに、飛べない」

「だから？」

イザークは言った。

「俺はたまたまロスタムがいるから飛べる。ただそれだけのことで、何も俺が特別なわけじゃない。俺やお前が霊獣を持っているように、彼らは彼らの魂を持っている。普通の人間の魂は目に見えないというがな、あの棒や綱が彼らにとっては魂なんだろう。どんな形だろうと、自分自身と向き合い、肉体と魂を磨く努力をしている者は綺麗だ」

ミシャカが身じろぎもせず舞台を見ている。そこには演目を終え、歓声に応えて両手を振っている団員たちの姿があった。

彼らの顔にあるのは、全力で何かを成し遂げた者たちだけが持ちうる喜びと誇りだ。

たとえ空を飛べなくとも、それはただそれだけのことで、飛べないからこそできることがある。

イザークが見ているのは人々の魂の形ではない。

おそらく、彼が見ているのは、いかに彼らが己自身と向き合ってきたか。

盛況のうちに幕が引かれ、観客が席を立ち始めた。ミフルはミシャカを服にしまったが、留め具はかけずに開けておいた。

もしも誰かに何か言われたら――トウの猫だとごまかせばいい。

暗がりの中にいたからか、外に出ると眩しい光が瞳を刺してくる。目の前に手を翳し、振り返ってテントの頂を見上げると、そこは変わらず大きく張っていた。

思わず頬がほころぶ。ミフルがついたわけではないが、テントの中から本当に何かが出て来た。

勢いよく飛び出し、ミフルの心を揺さぶった、力強く温かな何かが。

清々《すがすが》しい気分になり、深呼吸をしていると、イザークが二つの部隊の長を呼んだ。

「狼部隊は馬を連れて先に帰れ。鷲部隊は俺と来い」

これからまたどこかに行くのだろうか。しかも鷲部隊の馬まで帰してしまうことに少し驚いた。確かにまだ日は高く、危険は少ないだろうが、歩いてどこに行くのかまるで見当がつかない。

疑問に思っていると、目の前で鷲部隊が二列に並んだ。直立した彼らの視線はイザークに注がれていて、合図を待っているのが分かる。

予想が当たり、イザークが右手を挙げると、鷲部隊が肩から下ろした鷲を一斉に空へと飛ばした。

「わ……！」

声を上げたラクシュの顔に大きな翼の影が落ちる。真円、五角形、星の軌道。秩序をもって滑空する鷲たちが、紋章にも似た像を残しながら段々大きさを増していく。

鷲部隊――各々の霊獣使の隣に戻ったときには、鷲は人が乗れるほどの大鷲へと姿を変えていた。どこかに歩いて行くのではない。飛んで行くのだ。

「ロスタム」

青竜がイザークに応え、蛇行しながら空に昇って行く。

巨大なテントの遥《はる》か上、体が白雲を散らすまで。

目を細めたのは、眩しかったからではないように思う。

皆が無言で見つめる中、ロスタムは鱗を煌《きら》めかせながら、蒼天の頂に大きな輝く虹を描いた。

「イーザ、ひも」

アミールがそう言ったのは、ロスタムが頭だけをイザークの元に戻したときだ。巨大化したロスタムに慄くどころか、アミールは「待ち切れない」といった様子で、ロスタムに向かって小さな両手を懸命に伸ばしていた。ロスタムのことを好き、いや、大好きなことが全身から伝わってくる。

それにしても、今「紐」と聞こえたような。

「はい、すぐに出しますよ」

聞き間違いではなかったようで、イザークは返事をすると、アミールを片手で抱いたまま、腰に提《さ》げていた袋の中から革紐を取り出した。長い紐が瞬く間にロスタムの二つある角の一方に縛りつけられる。

「ラクシュ、ミフル、乗ってくれ。ああ、半跏じゃなくてちゃんと跨れよ」

半跏じゃなく、の意味するところは「ゆっくり行くから力を抜けよ」かそれとも「飛ばすからしっかり乗っていろよ」か。アミールもいることだし、前者の意味であることを願うばかりだ。

ラクシュを先に乗せ、言われたとおりにロスタムに跨ると、イザークはミフルの腰に紐をかけ、その端をもう片方の角の根元にきつく結《ゆ》わいた。

それほど、というか強度はまったくないが、以前ミフルたちが乗ったときにはこんな紐の用意などなかったから、これは王孫の安全のためなのだろう。この程度の用心で許されているのはイザークだからなのだろうが。

「どこに行くんだ？」

準備が整ったらしいイザークに訊くと、彼は何か考えるような顔をしたあとで「庭だ」と答えた。

「庭？　お前のってことか？」

宮殿以外の領地にでも行くのだろうか。イザークは領地を望まなかったと王子が言っていた気がするが、どこかにあるのかもしれない。

イザークがアミールをロスタムに乗せ、その後ろに自分も乗る。

「そうだ」

そして、振り向いたイザークは、これまでで一番不敵な笑みを見せて言った。

「海は俺の庭だ」

頬に当たる風が心地よい。

あっという間に都を出て、風車が並ぶ畑と大河を越え、今、十の大鷲を引き連れて、ロスタムは薄緑色の若葉の輝く山々の間を翔《か》けていた。

「ミフル、これ、塩の匂いだよね？」

ラクシュが不思議そうな声で訊いてくる。

「そうだな」

山の中にいるのになぜ塩の匂いがするのか。普段の声音で返したものの、ミフルもラクシュと同じように驚いていた。

先ほどの曲芸団といい、今日はつくづく驚き通しだ。何もかもが新鮮で、以前と同じ景色ですらまるで違ったものに見える。

気分の昂揚《こうよう》が治まらない。

楽しい――わくわく。そうか、これが。

「ラクシュは海を見るのは初めてか？」

振り向いたイザークの声には半ば確信が込められている。ミフルに確認しないのは、ミフルが海を見たことがないのを知っているからだろう。まさにそのとおりだが、勿論ミフルも海というものがあるのは知っている。

アルダシールの西にある、湖とは比較にならない大きな水の器。海の水はとても塩辛くて、飲めないものなのだとビザンから聞いた。

天候によって色が変わる。住むところによって色を変える生き物のように、いとも簡単に、あっさりと。

「はい」とラクシュが海への期待を露《あら》わに頷く。

「絶対気に入るぞ。お前もミフルも」

元気に返事をしたのはやはりラクシュだけだったが、ミフルも反発したわけではなかった。以前であれば「人の気持ちを勝手に断定するな」と嫌みの一つも言っていただろうが、今は素直に受け止められた。

彼が、ミフルが海を――イザークの庭を気に入ると言うのなら、きっとそうなのだろう。

「見えるぞ」

山間に浮かぶ太陽に向かってロスタムが加速し、太い髭がミフルの隣で音を立ててしなる。

塩の匂いが濃くなる。空気がどっしりと重さを増す。

黄金の太陽と、青。

「うみ――っ！」

山を抜けた瞬間、眼前に降り注いだ光の乱舞に目が眩《くら》んだ。

絶叫とともにイザークの体の脇から小さな両手が突き出てくる。その向こうに、山裾に広がる町と、見渡す限りの揺らめく青い水面が見えた。

海。

これが、海。

「ロスタム、行け！」

これほど嬉々としたイザークの声を聞いたことがあっただろうか。

圧倒されているミフルたちを更に驚かせるように、ロスタムはまっすぐ海に出ると、突如として真っ逆さまに下降していった。

「わああっ……！」

ラクシュがイザークにしがみつく。ミフルもラクシュを抱き締めロスタムに跨る足に力を込める。

むちゃくちゃだ。なんなんだ。半跏だとかの話じゃない。

水面すれすれで顔を上げたロスタムが、今度は空に向かって上昇して行く。円を描いた体に頭をくぐらせ、渦巻きのように体を捻《ひね》らせ、長い尻尾で海を叩いてしぶきを体に浴びせかける。ミフルもラクシュもずぶ濡《ぬ》れだ。勿論前の二人も。

ロスタムが少し減速する。ふう、やっと終わって……いない。

間もなくロスタムは輪になると、自らの尾を追いかけぐるぐると回り始めた。

「ミシャカ、出て来い！　ロスタムの背中を走っていいぞ！」

イザークの声が天空に響いたのはその直後だった。

え、と思った次の瞬間には、ミシャカが胸元から出てロスタムの背中に降り立っていた。

「ミシャカ……！」

信じられない。ミシャカがほかの者の言うことを聞くなんて。

呆然《ぼうぜん》としているミフルに構わずミシャカが大きくなる。風に飛ばされずに走る気満々なのだ。

「イザーク、駄目だっ、爪が……」

駆けて行くミシャカを見ながら慌てて言うと、太陽を背にしてイザークは笑った。

「ロスタムの背中はミシャカが爪を立てたくらいじゃびくともしないぞ。さ、俺たちももう少し走るか」

「タムタムっ、はしる！」

アミールの頭からいつの間にか布が外れている。海の果てのほうをロスタムが向くと、銀の髪を揺らしながらアミールが布を振り回した。

「ゆーひ」

滑って落ちそうになったミシャカをロスタムが尾で跳ね上げたり、ラクシュが大鷲に乗ってみたり。これほど早く過ぎてしまった一日を、ミフルはほかに知らない。

陸に近い海の上で、四人はロスタムの背中に横並びで座って夕陽を眺めた。満足したと見えて、小さくなったミシャカはミフルの腿の上で肉球を舐《な》めている。しょっぱくないのだろうか。何？　おいしい？　そうか。

「楽しかったか？」

イザークが訊くと、アミールが両手を上げた。

「たのしかったー！」

「楽しかったです。すごく」

三人の目がミフルに向けられる。

頼むから、からくり人形を見るような目で見ないでくれ。

「まあ……悪くなかったよ」

目を逸らしながら言うと、イザークが声を上げて笑った。

「イーザ、おみず」

アミールに言われ、イザークが慣れた手つきで腰の袋から瓶を取り出す。

革紐だの水だの、今日のイザークからはなんでも出てくる。「イーザ、剣」と言ったらあっさり返してくれそうだ。

「海がお前の庭、か」

思っていたのとは違うことを言うと、アミールに水を飲ませていたイザークが、もう一つの瓶をラクシュに渡しながら答えた。

「ロスタムには川の水より海の水が合うんだ。なんでかは分からんけどな。たぶん俺には川の水は優しすぎるんだろう。俺はもっと……色々なものが混ざった海の水が好きだ」

イザークの視線の先に、刻一刻と沈んでいく夕陽を映した海がある。

燦然《さんぜん》と輝いていた太陽を宥める、強く、濃く、透き通るようでいて深い、群青。

寄せては返す波の音を聞きながら、そうだったのかと気がついた。

ロスタムの青はこの海の青だ。渇かず、尽きることのない、豊かな海の色。

「ミフル」

水を飲んだラクシュが瓶を渡してくる。受け取った重みを手で感じながらミフルは口をつけた。

ゆっくりと、口から喉へ、喉から体の深くに水が落ちていく。

どれだけ渇いていたのか、浸《し》みて、浸みて、仕方がない。

もう少し飲みたいような気もしたが、それではイザークの分がなくなってしまう。瓶から口を離し、ラクシュとアミールの後ろから手を伸ばし、ミフルは水の残る瓶をイザークの腕に軽く当てた。

イザークが瓶に手をやる。二人とも何も意識していなかったと思う。

けれど、不意に互いの指先が触れた瞬間――。

触れられたところが痺れてぎょっとし、ミフルが離してしまった瓶を、驚いたように目を見開き、イザークが素早く片手で摑んだ。

息を吞む。咄嗟《とっさ》に手を引く。

いやちょっと待ってくれ。

なんだこれは。

イザークがこちらを横目で見ながら瓶に口をつけたのが分かる。

微かに残る指の感触に動悸が止まらない。

得体の知れないこの胸の高鳴りに、イザークが気づかなければいいと思った。

「あ……海に入るよ。綺麗だね……」

朱色の夕陽が沈むにつれ、残照の滲む波の上に薄い星が現れ始める。

ミシャカも前足を揃えて座り、無言で海を眺めている。

太陽を包む海の姿に、ラクシュが、ミシャカが――ミフルの魂が喜んでいる。
「……朝の海も綺麗だ。岬に行けば日の出も見られる。次は朝日を見に来よう」
誰も返事をしない。まるで、イザークの声が波音でもあるかのように。
水が通った喉が熱い。瞳に映るすべてが眩しい。
おい、イザーク。
海に向かって呼びかけた。
お前はいったい俺に何を飲ませたんだ？

満月まであと十日という日だった。

盗賊捕獲は二日後だと伝えられ、ミフルは思わず身震いした。

「ミフルは俺とロスタムに乗って空から行く。下に着いたらミシャカで動け。地上はアデルと副隊長で囲んで一人も逃がすな」

朝議のあと、議事堂に残ったのはイザークとミフル、アデルだけだった。より詳細に描かれた砂漠の地図を前にし、三人は意見を出し合い計画を練り上げていた。

計画。いかに労力を使わず迅速に、盗賊を殺さず捕獲するか。

「サイの出番はあるのか？」

片眉を上げるアデルに、イザークは地図を見たまま答えた。

「サイは使うな。何をしでかすか分からん。どの道それほど大きな闘いにはならない」

アデルは呆れたような顔をしたあと、自分の肩に顎を乗せている竜を撫でた。

「信用ねえなあ。やらなきゃいいんだろ」

不服そうだが、アデルは駄々を捏《こ》ねるつもりはないらしい。いっぱしの反抗はしても、どうやらこの弟は兄には頭が上がらないようだ。

なんにせよ、イザークの判断は賢明に思えた。アデルのサイは見るからに凶暴なだけでなく、相変わらずミフルのことが嫌いで、どさくさに紛れて盗賊ではなくミフルに襲いかかってきそうだ。

そうならないことを祈りつつ、ミフルは目の前の計画に集中した。失敗は許されない。ほかの誰でもなく自分のために。

計画にほころびは見つからなかった。考えうる限りで唯一厄介なことは魔物の横槍のようだが、そうなったらサイを出せ、という結論に落ち着く。

「ミフル、ラクシュは俺の屋敷で預かるのでいいな？」

話し合いの終わりにイザークが確認してきたのはラクシュのことだった。ミフルがミシャカを連れて行くと、ラクシュは一人になってしまう。

「いや、ラクシュは父に預かってもらう」

イザークは冷静な瞳でミフルを見た。

「理由は？」

「……お前の屋敷のほうが捕獲の話を知られる可能性が高い」

一呼吸置いてイザークは言った。

「ラクシュに言わないのか？　確かにラクシュの母親を殺した男がいるとは限らないが」

やはりイザークは知っていたんだなと思いながら、ミフルは地図の上に指を置いた。ラクシュの母親が殺された辺りだ。

どれだけ時が経とうと、あのときの光景がミフルの中で風化することはない。

「母親の話をしたとき、ラクシュは『お母さんかわいそう』と言って泣いただけだった。母親を恋しがっただけで、殺した男を憎むようなことは一度も言わなかった。相手がどんな男だったか訊かれたこともない。優しい……恨むことを知らない子なんだ。でも、もし俺が捕まえたとして、顔を見たらラクシュはその男のことを恨んでしまうかもしれない。母親を殺した相手を知ってしまうことで、一生……苦しむかもしれない」

憎しみを心に抱え続けるのは苦しい。人並みの良心がある者ならば、その苦しみを癒すために多くの貴重な時間を費やすことになる。

はっ、と鼻を鳴らしたのはアデルだった。

「なんだか知らねえけどな、俺はお前の考えが気持ち悪ィよ。大事な相手を殺された人間が恨みを抱く、仇《かたき》を取りたいと思う。そんなの当然だろうが」

言い方は乱暴だったが反論できなかった。ミフルがこれからしようとしていることがまさにそれだからだ。

ラクシュが本当はどう思っているのか、ミフルに確かめる勇気はない。傷口を抉《えぐ》ってしまうのではと思うと怖くて訊けない。でも、本当にそれでいいのか、ラクシュに伝えないことが正しいことなのかどうか、ミフル自身にも分からない。

「アデルの意見は一理ある」

ミフルはイザークを見た。

「『相手は分からない』と思ってラクシュが諦めている場合もある。『相手を知っていたら仇を取っていたのに』と、いつかラクシュがお前を恨むこともあるかもしれない」

頷いた。それは捕獲の話が出たときから何度も考えていた。

「でも」

イザークは続けた。

「お前はそこまで考えたんだろうし、あの子ももう十一だ。仇を取りたいと思っていたなら既にお前に訊いていただろう。仮に、何年かして事実を知ったとしても、傷つけたくなかったというお前の気持ちをあの子は分かってくれる」

聞きたかった言葉を聞いたとき、何も言えなくなるのはなぜなのだろう。

瞼を閉じ、静かに呼吸しながら、くそう、と思った。

くそう、イザーク。

お前の言葉に安心するなんて。

「いつか、ラクシュが訊いてきたときには正直に話す」

腹を括《くく》って言うと、イザークが頷いた。

「どうでもいいけどそれ全部捕まえてからの話な」

「どうでもいい」だけ余計だったが、ミフルもアデルに同意した。

話し合いはほどなく終わった。

イザークを呼び止めたのは、アデルが出て行ったあとだった。

今日もイザークの腰にはミフルの小剣が差してある。これまで幾度となく機会を窺ってきたが、切り出すなら今しかない。

「剣……返してくれないか。理由、話すから」

前置きなく持ちかけると、イザークが正面から見てきた。

彼は返事もしなければ微動だにもしないが「返して欲しい理由を言えば返す」と言ったことを忘れ

ているわけではなさそうだ。

イザークは黙り続けている。すべては話してからということなのだろう。

「それはビザンが作ってくれた剣だ」

ミフルははっきりと伝えた。理由を知っていただろうイザークが、それでもミフルの口から教えて欲しいと言った言葉を。

「俺が盗賊を追い払うようになったときだ。身を守るためだと……これは人を殺すためじゃなく、生かすための剣だと言って、ビザンが自分で打ってくれた。だから小剣なんだ。確かに武器としては弱いし、それで魔物が倒せないこともよく分かってる。でも、それは俺にとってビザンの形見で、だから俺はどうしてもその剣で盗賊と闘わなくちゃいけないんだ」

まっすぐイザークを見る。イザークも目を逸らさず見つめ返してくる。

その間にミフルは考えた。

伝えてしまえばこれだけのことだ。ビザンの形見、だから返して欲しい。

けれど、それを伝えるためには、ビザンのことを、なぜ盗賊を追い払うようになったのかを、なぜ砂漠に住むようになったのかを相手が知っている必要があった。それらすべてを打ち明けてもいいと、ミフルが相手に心を開いている必要が。

何も知らない者からすれば、それはただの剣に過ぎないのかもしれない。

だが、その小さな剣の中には、ミフルの人生が詰まっている。

イザークがなぜミフルの話を聞きたがったのか、今なら理解できる。

「いつ話してくれるのかと思っていた」

イザークは柔らかく微笑みながら、腰から小剣を鞘ごと抜いた。

差し出された剣を受け取り、胸に強く押し当てると、懐かしさが込み上げてきた。

この剣が守ってくれていたのはミフルの体だけではない。

何よりも心を――少しの加減で暴走しそうになるミフルの心を守ってくれていた。

いつでもこの剣と一緒に砂漠を駆けてきた。

あの男を捕まえるときは、この剣も一緒だ。

「ミフル、俺からも一つ教える」

胸から剣を離せないでいると、イザークが言った。

「ビザンがお前のところに行ったのは、俺が暴れたからだ」

突然の告白を意外に思ったが、さほど驚かずにイザークを見た。イザークが暴れたと王子から聞いていたし、以前イザーク自身もビザンがミフルのところに行ったのは「自分が原因だった」と言っていた記憶がある。

「ミシャカが出て来たとき、俺は『ミフルのところに行く』と言って暴れて、でも行けなくて。次にお前が一人で砂漠に出たとき『今度は何があっても行く』と言ったら、『自分が代わりに行くからどうかこらえてくれ』とビザンに言われた。でも勘違いするな。ビザンは犠牲になったわけじゃない。ビザンは行くときこう言っていた。『自分には身寄りがないからミフルのことを息子と思う』と。『息子を育てる機会を得られた自分は幸せだ』と」

剣を持つ手が震えて止まらない。涙を零さないように上を向き、唾を何度も飲み込んだ。

——私は私の意思で生きてきた。

ビザンの言葉が思い出される。

砂漠に来たのはお前のためだったと言われなかったことが、どれだけミフルの心を楽にしていたか。

あとにならなければ分からないことがある。真実も、本当の優しさも。

もっとたくさん話せばよかった。もっと彼といたかった。

叶《かな》わないと分かっていても、そう思うことを止められなかった。


時がやって来た。

眼下に広がる砂漠にミフルはうっそりと目を細めた。

大人しくイザークの後ろに乗っているが、体中の血は既に怒りで沸き立っている。

ラクシュの母を殺した者への怒り、何もできなかった自分への怒り。

本当にあの男を捕まえられるのなら、もう何も思い残すことはない。

ロスタムを要《かなめ》に、二十の大鷲が不気味なほど静かに月明かりの中を行く。目指す岩場に賊がいるのは確認済みで、アデルたちは先に馬を走らせていた。あとはイザークが到着し、捕獲の合図をするだけでいい。

「ミフル、焦るなよ」

ミフルの憤怒《ふんぬ》を感じたのか、前を向いたままイザークが言う。

「焦ってない。これ以上ないくらい落ち着いてる」

返事をし、心配するなという意味を込めて、腕を回していたイザークの腰を軽く叩いた。

言葉に嘘はない。最高に落ち着いている。怒りに我を忘れて誰がしくじるか。

「あそこだな」

やがて、前方にうっすらと目的地が見えてきて、ミフルはイザークの肩越しに呟いた。

「……っ……」

しかし、返ってきたのは返答ではなく短い呻きで、驚いて身を乗り出し彼の顔を窺った。

「どうした？」

イザークが一瞬頬を歪《ゆが》ませ、目元に手をやる。

「いや……なんでもない。髪が目に入っただけだ」

それきりイザークは何も言わず、すぐに表情も元に戻った。

魔物の急襲などではなく、本当に髪が目に入ったのだろう。

「そうか。まあ、風もあるしな」

ほっとしながら姿勢を戻し、風に乱れた髪をミフルも掻き上げた。

そのまましばらく進んでいたが、思い出したようにイザークが言った。

「今日は随分魔獣の声がするな」

首を捻りかけて、慌てて返事をした。

「そう……だな」

不覚にも、盗賊のことに気を取られていてまったく耳に入っていなかったが、北に意識を向けてみれば、確かに魔獣の声がしていた。注意すれば聞こえるという程度だが、ミフルたちは東に向かっているので、距離を考えればいつも以上に吼えていると言えなくもない。

ナルビル山のことをミフルに教えたのはビザンだ。国の地理を教わっていたときで、昔、アルダシールの北の国境はその山だったのだと彼は言った。つまり、国の北の最果てだったそこに、今は人喰い獣が棲んでいると。

魔獣がいつからそこにいるのかははっきりしていない。百年前だと記した書物もあれば、五十年前だと言い張る者もいる。だが、実のところ魔獣はああして吼えているだけで外に出て来ないので――少なくともミフルが生まれてからは――実際にその姿を見た者はいないし、人を喰うというのもどうやら作り話のようだ。

しかし「風穴の音が声に聞こえるだけ」と魔獣の存在を否定する者に対しては、残念ながらと言うほかない。

霊獣使ではない普通の人間であっても、そこそこ霊力がある者ならナルビル山から漏れ出る邪悪な魔力に慄き怯える。声と魔力は年々威力を増していて、今では誰一人として近づかないほどだ。

そして、姿が見えなければ見えないほど恐怖は煽られ、噂だけが独り歩きをする。

陰鬱《いんうつ》さと凶悪さで比較にならないが、魔獣の咆哮《ほうこう》は獅子に似ていて、だからこそミフルは魔獣使いだと、ミシャカは魔獣だと噂されていた。

「今日は魔物が出ないといいな」

ミフルが言うと、そうだなと今度はイザークが相槌《あいづち》を打つ。

あたかも、自分たちが曳行《えいこう》しているかのように、どこまで行っても獣の遠吠《ぼ》えはついてくる。

砂漠を覆っているのは満天の星だ。魔物からも盗賊からも遥か遠く、素知らぬ顔で輝く星たちを見ているうちに、ほどなく目的地に到着した。

岩場の手前でロスタムが止まる。馬から降り、岩陰に潜んでいたアデルが、イザークを認めるなり右手を挙げた。

準備はできている、という意味だ。既に岩場は狼たちが取り囲んでおり、どこにも逃げ場はない。

イザークは長剣を抜くと、ロスタムの首を軽く叩いてから角の先に剣を当てた。

角が削られ、舞い散った粉が一瞬にして五頭の鷹に変わる。

その様を見て、ミフルは、こんなときだというのに息を呑んだ。イザークはこうも容易《たやす》く仕獣を出すのだ。

イザークが右手で示すと鷹たちが岩場に行く。彼らは上空を旋回し、不規則な五箇所で動きを止めた。賊が多く眠っているところと武器の在《あ》り処《か》だ。

捕獲は静寂のうちに始められた。

アデルたちは鷹の位置を確認して岩場に入ると、寝ている賊の口を押さえて腹に一撃を入れて気絶させた。その後素早く彼らを後ろ手に縛り上げる。副隊長の部隊は真っ先に武器を押さえ、狼たちの背中に括って続々と運び出している。

縛られた者が積み上げられていく。イザークがもう一度右手を前に出すと、ロスタムの両脇にいた鷲部隊が捕獲網を手に岩場に下りて行く。

「イザーク」

鷲部隊が網に五人ずつ盗賊を入れ、馬の足元に放っていくのを見ながらミフルは言った。

「いつ俺たちは行くんだ」

イザークが振り返り、視線を投げてくる。

迅速な賊の捕獲は予定どおりだ。なのにあまりの速さに焦りが募る。

「まだだ」

ついイザークの肩を摑んだ。

「頼む。降ろしてくれ。やつの顔が分かるのは俺だけだ。あいつだけは俺が捕まえたい」

イザークはあくまで冷静だ。

「まだだ。我慢しろ。もう少し捕まえて場所を作ってからじゃないとミシャカで潰すぞ。殺したくないんだろう？」

賊たちが異変に気づいたらしく、岩場の奥から怒声と物音が上がり始める。松明《たいまつ》に火がつけられ、賊の手元にあったのだろう、剣で打ち合う音がしてくる。

火影が揺らめき賊が逃げる。アデルが曲刀を抜く。

砂塵。混乱。

これを我慢しろって言うのか。

飛び降りてやる、そう思って身構えたとき、ロスタムが下降した。

「剣を抜け」

ミフルは剣を抜きつつ胸からミシャカを出し、イザークと同時にロスタムから飛び降りた。巨獣化したミシャカの背中に飛び乗ったミフルの脇に、軽々とイザークが着地する。

「好きなだけ暴れろ」

イザークの声を背中で聞きながら、火花の間に飛び込んだ。

斬りかかって来た剣を払い、柄《つか》で相手の背中を叩く。横っ面を張り倒し、ミシャカに噛ませてぶん投げた。

逃げる者がいる。向かって来る者がいる。でもそのどれもが違う。

どこだ、出て来い。必ず捕まえてやる。

一人一人着実に沈めながら岩場の奥に進んで行く。激しい悲鳴に振り返ればアデルが暴れていた。殴るのではなく砕いている。曲刀で斬っていないだけで、あれではあばらが折れただろう。

賊の数が減ってきている。頭領を捕まえたと誰かが叫ぶ。

ここには、いなかったのだろうか。

さして疲れたわけでもないのに、肩で息をしながら空を仰ぐと、そこにはロスタムが浮かんでいた。長い体で膨らみつつある月を抱え、風雅とも言える佇まいでこちらを見下ろしている。

その下の崖では、イザークが、宰相服の長い裾を翻しながら舞っていた。いや、勿論舞ってなどいない。彼は剣を手にして闘っている。だが、長剣は敵の剣を押さえるばかりで、彼はするりと身を躱《かわ》して相手を手刀で打っている。

うなじに、軽く一つ。触れるようなその動きだけで、敵が膝から崩れていく。

まるで、月下の幻を見ているような、その一瞬。

「イ……」

イザークが剣を払った男に向かい、ミフルはミシャカを突進させた。

「イザーク！　そいつだ！」

素早くイザークが脇にどく。切り立つ岩を登ってミシャカが男に飛びかかった。

この男だ。間違いない。右目の眼帯の痩《や》せこけた男。

ラクシュの母を殺した男の首が、今自分の手の中にある。

ミフルは男に馬乗りになり、喉をぎりぎりと締め上げながら剣を振り上げた。

誰も止める者はいない。剣を振り下ろせばこの男をあの世に送れる。この男は大勢殺した。

どうして自分がこの男を殺したらいけない？

汗が頬を流れ落ちる。音を立てて呼吸しながら男を見下ろす。

握り締めたビザンの小剣が、男の胸に近づいていく。

「……っ」

あと少しのところで手から力が抜けた。震える手を男の喉から外すと途端に男が抵抗してくる。

剣を振り下ろす代わりに、頬に拳を埋め込んだ。

「……よくやった」

イザークが縄を渡してくるが、捕まえた充足感はどこにもない。ただ強張る手を夢中で動かし、男を座らせ後ろ手に縛り上げた。

半ば放心して膝をついたまま項垂れていると、副隊長が駆けて来る。

「イザーク様！　見てください！　こいつらファルン王子暗殺を企てていました！」

思わずイザークと顔を見合わせた。

「寄越せ」

巻きあとのついた幾枚かの紙をイザークが受け取る。イザークの脇に立ち、ミフルも副隊長が持って来た紙を覗き込むと、そこには間違いなくファルンの暗殺計画が記されてあった。期日はちょうど一箇月後、ファルンの誕生日だ。

「王子は砂漠の盗賊排除に力を入れていたからな……。それにしても防衛隊も舐められたものだ。こんな稚拙《ちせつ》な策で王子をやれると思われるなんてな。ともかく、王子の危険を回避できた功績は大きい。ミフル、手柄だな」

紙を握り潰しながらイザークが笑う。予想もしていなかった大きな拾い物にミフルもようやく頬を緩めた。

「俺の手柄じゃない。盗賊捕獲を決めたのはお前だ」

「いいや、お前のだ。お前が長年砂漠で闘ってきたからこれほど簡単にことが運んだ。それとも二人の手柄にするか？」

二人の、の辺りで優しく目を細められ、顔を逸らした。

「お前がそれでいいなら、いい」

アデルが倒れている盗賊を片っ端から蹴り転がしていく。幸い魔物が出る気配もなく、一つまた一つと松明が消されていく。

「あのときのバケモンか」

ミフルも撤収に向けてミシャカを胸に入れていると、伸びていると思った眼帯の男が呟いた。

「お前は国から追放された右宰相家のガキだな？　まさか砂漠の魔獣が獅子の霊獣だったとはな。まったく、さっさと野垂れ死にゃよかったのに散々邪魔しやがって。だがな、何をしようが誰も国を追われたお前のことを忘れちゃいねえぞ？　どんな英雄気取りか知らねぇが、今でもお前はただの獣のバケモンだ。魔獣、害獣、ああ、なんだっけな。そうだ、蛮獣——」

先に動いたのはイザークだった。

岩にもたれていた男の喉をイザークは思い切り踏みつけた。

「男、名は」

岩とイザークの足に挟まれ、男が呻く。

「言え。さもなくばお前の片目をこの場で抉る」

咄嗟にイザークの横顔を見て、思わずぞっとした。

「アル……アティーム」

男が切れ切れの声で答える。イザークが足に体重をかけ、曲げた膝に腕を乗せて男に顔を近づける。

「光栄に思え。覚えておいてやる。いいか、俺はお前のことなどどうでもいい。俺がお前を殺さない理由はただ一つ、ミフルがそれを望んでいないからだ。今度ミフルにそんな口をきいてみろ。お前の舌を引き抜いてやる。簡単に死ねると思うな。耳と鼻を削ぎ、爪を剝《は》ぎ、指を一本一本へし折ってやる。一族がいるなら滅亡させる。俺はやると言ったら必ずやる」

イザークならやるだろうなと思った。何年かかろうとも。

「どの道お前は一生牢獄から出られない。生き地獄の中で、殺した者たちに精々許しを乞うんだな」

絶望したのか気を失ったのか、男ががくりと首を落とす。

これで本当に終わったのだと、ミフルは深く嘆息した。

盗賊の収監は防衛隊に任せ、イザークとミフルは先に宮殿に戻った。「酒でも飲んでいくか」とイザークに誘われたが、ミフルは断って屋敷に戻り、ミシャカと一緒に湯を浴びたあと、すぐに寝台に横になった。

ラクシュはまだ父の屋敷だ。ミフルは政務で隣国に行ったことになっている。既に日が変わっているので「明日の朝迎えに来る」と伝えておいたのは正解だった。

ごろりと寝返りを打って窓を眺める。

ミシャカに顔を埋めれば大抵眠れるのに、今日はまだ興奮しているのか眠気が一向に訪れない。

窓の外で瞬《またた》く星を見ていると、先ほどロスタムの背から見た空が思い出され、なんとはなしに、イザークの誘いに乗ってもよかったかもしれないと思った。

飲みすぎると何をするか分からないとビザンから聞いていたので、一度も酒を飲んだことはないが、眠くなる者もいるらしいから、今日ばかりは試してみてもよかったかもしれない。

眠くなるどころかどんどん意識が冴えていく。

駄目だ、と思いながら溜息をつき、寝台から下りて靴を履いた。

ミシャカが顔を上げたが、そのまま寝かせて小剣だけを手に取り、王宮の裏手の林に行く。足が赴くまま探したのは、子供の頃よく——イザークと一緒によく登った樹だった。

王宮の広い林の中でも特徴的な樹だ。それは思っていたより左宰相家に近かったが、難なく見つけることができた。太いだけではなく高さもあり、昔はロスタムに乗せてイザークが上まで運んでくれたが、今のミフルなら素手で登れる。

幹の中ほどの枝に座り、いつかと同じように王宮を眺めると、あのときと今と何も変わっていないように思えた。違うのは、あのときは昼で、隣には必ずイザークがいたということだ。

まだ小さかったロスタム。イザークの黒い瞳。

目を閉じるとよく分かる。

自分が覚えているのはイザークのことばかりだ。

「ミフル」

目を開けるとイザークがいた。夢でも見ているのかと思ったが、大人の顔をしたイザークはミフルの隣に座り、ミフルと同じように右足を曲げて枝に乗せた。何かに乗ったときに半跏になるのがイザークも癖になっているのだろう。

「……なんで来た」

「なんでだか……呼ばれた気がしてな」

「呼んでない」

口では。

イザークが来たものの、そもそもなんの理由もなく登った樹だ。ミフルは右膝を立てて両手で引き寄せ、何をするでもなく流れに任せた。

風に揺られる木の葉の音だけが聞こえる。イザークは気持ちよさそうに目を閉じている。

「お前に」

今日なら、今ならなんでも言えそうな気がした。

「感謝、している。お前がいなかったら俺はきっとあの男を捕まえられなかった。それから、父のことについても」

「トーサル殿のこと？」

今まで誰にも言ったことがない。

一度深く息を吸い込み、思い切って打ち明けた。

「俺はずっと、父は悲しんでいないんだと……俺が追放されても気にしていないんだと勝手に思っていた。ミシャカのことを嫌っていて、だから悲しみもしないし捜しにも来ないんだと。母も何も言わなかったしな。でも、たぶん違ってた。鳳凰が出て来ると思っていたのに獅子が出て来たら誰だって驚く。帰って来たとき怖がっているように見えたのも、ミシャカじゃなく俺の反応が……俺にどう思われるかが、父は怖かったのかもしれない」

「トーサル殿がお前とサラ様を手放したのは、そうしなければ一族皆殺しだと言われたからだ。サラ様にしても、それを伝えればお前の苦しみが増す……そう思っていたんだろう」

ミフルは頷いた。

「何か、そうせざるを得ない理由があったんだろうとは思っていた。でも、それも宮殿に戻って、父に会ってからの話だ。母の死を悼み、朝議で頭を下げる父を見て……俺たちは父に捨てられたわけではなかったんだと……初めて思えた。だから、初めはなんでだって思ってたけど……お前の言うとおり、宮殿に戻って来てよかったと思ってる」

お前のお蔭だ、と言うと、イザークが軽く溜息をついた。

「参ったな」

「何がだ」

「お前に襲いかかりそうだ」

イザークが本当に困ったように言う。

少し目を見開いたが、自分でも意外なことに笑ってしまった。

「本気だぞ？」

笑いながらイザークを見る。

「なんだ？　やるか？」

そんな言葉さえ出てくる。なんだか昔に戻ったみたいだ。

昔、なんの不安もなく、自由にイザークと話していた頃。

本当に参ったな、とイザークが額に手を当てて笑う。彼はそのまま顔を伏せ、肩を細かく震わせ始めた。

震えは中々やまない。何がそんなに参ったんだか。

「お前……なんでそんなに俺のこと好きなんだ？」

言葉がするりと滑り落ちた。最初のうちこそ疑っていたが、さすがに今では彼の気持ちを認めていた。

そう、認めはしたが、信じられないことに――この男はミフルのことが好きなのだ。

幼い頃数年一緒にいただけだ。普通だったら忘れているだろう。自分を卑下するわけではないが、何も自分のことを追いかけなくとも、イザークだったら幾らでもほかにいい相手がいたと思う。

なぜこれほど彼に――イザークほどの男に、自分が想われているのかまったく理解できない。

返事はない。彼はまだ顔を伏せている。

いい加減笑いすぎだ。

「イザーク？」

だが、イザークの顔を覗き込み、そこでようやく異変に気づいた。

「イザーク!?　どうした？　どこか痛むのか？」

イザークはきつく目を瞑《つむ》り、額に汗を浮かべて苦しそうに顔を歪めていた。

ミフルに向けて右手が挙げられる。少し待て、と言うように。

「大丈夫……だ。治まってきた」

唇を細かく震わせ、浅く呼吸しながらイザークは言った。

「どうした……？　お前、砂漠に行くときも何かおかしかっただろう？　頭が痛かったのか？」

痛みに響かないよう静かに訊くと、苦笑が返った。

「何、なんでもない。ちょっとした……いや、俺も正直に話すか」

本当に痛みが治まってきたのか、イザークは額から手を外し、王宮の左側に目をやった。

「なんなのかは分からんが……あの塔から声みたいなものが聞こえることがあってな。そうするとそれが頭に響いて、まあ、痛むことがある」

イザークの視線を追うと、そこには王宮と左宰相家の間に建つ塔があった。石造りの塔は細長く、尖った頂には緑色の石で造られた竜が巻きついている。

「あれって……イザークの先祖の？」

記憶を辿りながら言うと、イザークが頷く。

「そうだ。英雄エルハムの慰霊塔だ」

はっきりと彼の名前を思い出しながら、ミフルも頷いた。

あそこに祀《まつ》られているのは左宰相家の先祖、エルハム・カーレーンだ。エルハムは当時山沿いにあった王宮を落石から救い、代わりに命を落としたため英雄と呼ばれるようになった。それをきっかけに遷都《せんと》が行われたので、少し歴史を学んだ者なら誰でも知っている話だ。

今でもあの塔にはエルハムの遺体が安置されている。英雄だとしても、そんなことをされているのはエルハムだけで、なぜ霊獣使の遺体が竜に飲まれずに置いてあるのか、ミフルは知らない。

なんにせよ今は亡き人。

その彼の声が。

「エルハムの声が……聞こえるのか？」

緊張しながらイザークに尋ねる。

実際に見たことはないが、そういうこともあると幾度か噂で聞いたことがあった。

瘴気《しょうき》から生まれる魔物とも、勿論霊獣とも違い、体が死んだあとに魂だけが地上に残ってしまうことがあるのだそうだ。

もしもエルハムの霊魂が残っていて、本当に何かを言っているのだとしたら――彼は何を言っているのだろうか。

「そうなのかどうか、よく……分からないが」

珍しくイザークは言葉を濁した。

「なんとなく声だと思うだけで、はっきりとした言葉になってるわけじゃないんだ。ただ、その声を聞いていると、頭だけじゃなくて胸まで苦しくなってくる」

彼の顔には切実な苦しみがあった。何か言えることはないかと、ミフルは必死に言葉を探した。

「あの塔、霊力で覆われているだろう？　何かの加減で、たとえばほかの霊力とぶつかるとかで、それが声に聞こえてるってことはないか？」

エルハムの塔には全体を包むように霊力の膜が張られている。おそらく魔物から遺体を守るためだろうが、それが頭痛と関係しているということはないだろうか。

イザークは首を振った。

「魔物が侵入できないようあの塔に霊力を浴びせたのはカーレーン家の先祖だ。だが、それも弱くなってたからな、俺が去年張り直した。そのときには何もなかったから……霊力は関係ないと思う」

それ以上何も言えずに唇を噛んだ。解決策を見つけようにもあまりにも漠然としている。

もどかしくて悔しい。自分はこれほど無力だっただろうか。

イザークが苦しんでいるのに、してやれることが何もない。

ミフルが俯いて膝を抱えていると、不意にイザークが胸元に手をやった。

「これは、数代前からカーレーン家の当主が受け継いでいる首飾りだが」

重量感のある金の首飾りがミフルに向けられる。様々な種類の宝石が嵌《は》め込まれていて、とりわけ縦長の先端部分の彫刻が見事な首飾りだ。

「実のところ、エルハムから遺されたもの……彼の遺言だ」

そう言ってイザークが先端を引くと、まるで剣の鞘のようにそこが外れ、中から棒状の何かが出てきた。棒の先端には複雑な形状の突起がついている。

「鍵……か？」

イザークの答えは早かった。

「そうだ。ナルビル山の……魔獣を閉じ込めている扉の鍵だ」

思わず目を見開いた。

魔獣を閉じ込めている扉の鍵？

「どういう……ことだ？」

イザークは鍵を鞘に収め、ミフルを見た。

「エルハムがどうやって死んだかは？」

ミフルは眉根を寄せて答えた。

「自分の竜で落石を受け止めて死んだんだろう？　崖崩れから体を張って王宮を守って、だから王家からも特別に英雄と呼ばれていると聞いたが……違うのか？」

イザークは頷いた。

「合っている。それは史実として間違いないと思う」

だが、とイザークは嘆息した。

「エルハムは死ぬ間際にカーレーン家の者だけに言葉を遺した。この鍵と一緒にな。『これはナルビル山の扉の鍵で、王家に存在を知られてはいけない』と。それから『自分の遺体を決して竜に飲ませるな』と」

ミフルは瞬いた。

「エルハムが魔獣を閉じ込めたってことなのか？　どうしてそれを王家に秘密にしなくちゃいけなかったんだ？」

イザークは首を振った。

「口伝《くでん》だからな。欠けているところもあるだろうし、正直俺にもさっぱりだ。山を探れば何か分かるかもしれんが『迂闊《うかつ》に近寄るな』と言われていたから扉を見に行ったこともないし。だから、俺にできることは鍵とエルハムの遺体を守ることだけだと……ずっと、そう思っていたんだが」

イザークが額に手をやり軽くこする。言葉の先を聞かなくとも彼の気持ちは理解できた。身を挺《てい》して王家を守ったエルハムのことだ。もしかしたらエルハムは、子孫のイザークに何かを伝えようとしているのではないか。

たとえば、そう、ミフルが宮殿に戻る原因となった、国が滅びるという王妃の夢について。

そのとき微かな物音が耳を掠《かす》め、はっとして立ち上がった。

しかし、咄嗟に飛び降りようとした腕をイザークに摑まれ、ミフルは慌てて訴えた。

「離せ、イザーク、話を聞かれた！」

ミフルたちが来る前からそこにいたのか、知らぬ間に忍び寄っていたのか、視線で足音を追えば、鹿か、羚羊か、何か動物——四つ足の獣が急いで逃げて行くのが見えた。宮殿の中ということを考えれば、間違いなく霊獣だろう。

イザークは手を離さない。

「イザーク、どうして……」

焦るミフルとは対照的に、イザークは至極落ち着いていた。

「いいから座れ。聞かれたものは仕方がない。迂闊に話した俺が悪いし、それに、これが魔獣の扉の鍵だと知ったところで誰が得をする？」

「でも、万が一王家……天麟だったら……」

イザークは首を振った。

「それはない。もしそうだったら霊力で分かる。あれは普通の人間程度の霊力しかなかった。大方聞こうとしていたわけじゃなく、単に通りかかっただけだろう。それに、ミフル、お前ももう分かっているだろう？　この鍵にはなんの価値も……首飾り以上の価値はないと」

もう一度腕を引かれ、些《いささ》か苛立ちながら座る。首飾りの価値がどうあれ、盗み聞きされることを想定せず、安易に話を進めてしまったことが悔やまれた。

「これは魔獣の扉の鍵じゃない」

首飾りに触れながら言うイザークに、溜息をつきながら頷く。

「これにはなんの霊力もない。何かしらの鍵ではあるんだろうが、この程度の鍵であの魔力が抑えられるわけがないんだ。鍵を開けて確かめるわけにもいかんが、おそらく本物の鍵は別にあるんだろう」

「だからって」

たまらず言った。

「カーレーン家だけに伝わる遺言だったんだろう。なんでそんな大事な話を俺にしたんだ。俺に話す必要は……なかったはずだ」

イザークは穏やかに微笑んだ。

「お前に話したかった。お前が心を打ち明けてくれたように、俺もお前に何か大事なことを打ち明けたかった。でも俺はお前にほとんど曝け出してるからな。ああ、そうか、どうしてお前のことが好きなのか、だったな」

「その話はもういい……」

自分はいったい何を血迷っていたのか。

ミフルが止めてもイザークは黙らなかった。

「一目見たときから好きだったが、惚れた瞬間のことはよく覚えているぞ。俺が初めて仕獣を出したときだからな」

イザークはそう言い、腰の剣を抜いてロスタムの爪をさっと削った。角のときと同じようにあっさり仕獣が出て来る。

一羽の鷹を肩に乗せ、イザークはエルハムの塔を見つめた。

「彫像の顔と似てるだとか、エルハムが死んでからちょうど百九十年後に生まれたとかで、俺はエルハムの生まれ変わりだと言われていてな」

イザークがエルハムの、というのは初耳で、興味深く耳を傾けたが、百九十年後が何を意味しているかはミフルも知っていた。

世界には色々な暦法があるが、アルダシールで使われているのは十九年の間に七度の閏月《うるうづき》を入れる暦だ。地上から見える月の相が、十九年で一巡りをして元の相に完全に戻ることに依拠している。

竜に飲まれた霊獣使は、この月に乗って十度天を巡り、百九十年後にこの地上に生まれ変わるとされている。

イザークに飲まれた母のことを、百九十年というときの長さを、ミフルも一人で月を見ながら何度も考えた。

「でも、エルハムの遺体は竜に飲まれてないんだろう？」

だから生まれ変わりのはずがない。

イザークは肩を竦めた。

「俺も何度もそう言ったがな。だが、祖父や父にとって大事だったのは、本当の生まれ変わりかどうかじゃなく、俺にはその血が濃く流れている、ということだったんだろう。だからお前はもっと強いはずだと。要するに、俺は期待されていて、だけど出来損ないだったたってわけだ」

「出来損ない？　なんだそれは」

あまりにもイザークに不似合いな言葉に眉根が寄った。

「なんだも何もそのままだ。体も小さければ霊力も弱い、剣もろくに使えない。軟弱で、泣き虫で、子供の頃の俺は父にとって期待外れ以外のなんでもなかった。あのときの俺を認めてくれたのは、母と、ビザンと、それからお前くらいのものだった」

微かに記憶に残るイザークの母の姿を思い出す。美しくも逞《たくま》しい人で、アデルと同じように脚衣を穿《は》き、イザークの父と一緒に魔物退治に奔走していた。

イザークの父が亡くなったとき『もう戦はたくさんだ』とアデルに防衛相の地位を渡して海辺の屋敷に移り、今は亡き霊獣使たちを弔いつつ静かに暮らしているという。ミフルは長らく会っていないが、宮殿に戻ったとき、イザークを通して『夫が申し訳なかった』という謝罪を受けた。

「八つになっても仕獣が出せなくて、俺は毎日鬱々としていた。お前といるときだけ俺は嫌なことを忘れられた」

明かされた過去に驚きを隠せない。

知らなかった。息をするように自在に操っている仕獣を、彼は最初から難なく出せていたわけではないのだ。

誰かを監視したり攻撃したりと、仕獣は確かに便利な存在だ。しかし、仕獣の存在が重視されるのは、何も役に立つからだけではなかった。

仕獣は霊獣使と霊獣がともに成長し、互いを心から信頼できたときに初めて出すことができるもので、また、霊獣使の能力によって、出せる数と力も変わる。

仕獣の存在は、霊獣の大きさとともに、何よりも霊獣使の力を計る指針なのだ。

「あの日、我慢ができなくて、俺はお前にまで『仕獣が出せない』と泣き言を言った。俺は駄目な人間なんだと、誰も俺を必要としていないと」

イザークとてミフルに何かを求めていたわけではないだろう。イザークが八歳ということはミフルは六歳。きっと、本当にもうどうにもならないという思いから出た叫びだったのだ。

「そのとき、お前は無邪気に」

イザークは微笑んだ。

「『仕獣が出せないと駄目なの？』と言った」

思わず片手で顔を覆う。それは無邪気ではなく無知と言うのだ。

ミフルはそのときまだミシャカの卵を——おそらくその会話の直後に孵っただろう卵を——温めていて、仕獣どころか霊獣の重要性すらほとんど分かっていなかった。

「俺は阿呆《あほう》だったんだな」

イザークはかぶりを振った。

「お前はこうも言ってくれた。『仕獣が出せなくてもロスタムがいればいい。そのままで充分格好いい』と。まあ……昔の話だが」

言い訳のように返した。

「無責任な子供だから言えたことだ」

「じゃあ、その無責任な子供に会えた俺は幸運だったんだな」

イザークは満足そうに呟くと、また剣でロスタムの爪を削った。現れた鷹が、先の一羽と一緒に林をのびのびと旋回する。

「実際、俺はそのとき初めて自分は何も欠けていないんだと思うことができた。自分のことをようやく認められて、そして、まさにその場で……こうして仕獣を出すことができた」

夜空を飛ぶ鷹を見つめるイザークの瞳が優しい。

その目をおもむろにミフルに向けると、確固とした声でイザークは言った。

「今の俺があるのはお前のお蔭だ。お前が俺に自信をくれた。だから、もしお前に何かあったら、今度は俺がお前の力になろうとそのとき決めた。素直で、明るくて、可愛いお前を一生守ると」

何をどう返せばいいのだろう。

ああ、でも、これは過去の話だ。

「残念だったな。そんな子供はもういない」

今のミフルは素直でも、明るくも、可愛くもない。

「俺の中でお前は何も変わっていない。あの頃と同じ綺麗なままだ」

「お前……本当に頭大丈夫か？」

勘弁してくれ。なんだこのろくでもない会話は。

「ところでミフル、一つ訊きたかったんだが」

含み笑ったあと、声音を変えたイザークに、ミフルも気持ちを切り替えた。

「お前は仕獣を『出さない』のか？　それとも『出せない』のか？」

突然の問いに胸を衝かれ、頬が痙攣《けいれん》する。しかし、いつか訊かれるかもしれないと思っていたので、すぐに心を鎮められた。

ミフルが仕獣に関してしてきたことをイザークは知っているはずだが、彼の目から労《いたわ》りや憐《あわ》れみは感じられない。ミフルと同じ道のりを辿って来た、イザークの瞳にあるのは真摯《しんし》さだけだ。

一つ、溜息をつき、念のため周囲を窺う。誰の気配もない。

こんな形で弱みを、しかもイザークに話すことになるとは思ってもいなかったが、腹を括って答えた。

「分からない」

「分からない？」

頷き、立てた右膝を引き寄せる。イザークの声は訝《いぶか》しげだが、これがミフルの本心だ。

「練習したことは何度もある。でも、一度も仕獣が出たことはない。頼んだり、祈ったり……王からもらった剣でもやってみたけど駄目だった」

仕獣の出し方を教えてくれたのはビザンだ。ビザンの剣で、何度もミシャカの爪を削ったり毛を切ったりしてみたが、仕獣が出たことは一度もなかった。

「でも……なんでだって思うのに、当然だとも俺は思ってる。俺は、心のどこかで獅子のミシャカから仕獣は出ないんじゃないかって思ってるし、それに」

足を抱える手に力を込めた。

「竜の鷹でも、鳳凰の孔雀でもない……見たこともない仕獣が出て来たらどうしようって、俺は……」

目を瞑って言葉を呑み込む。過去の様々な思いが胸に込み上げた。

ミシャカを認めるのに時間がかかった。自分の魂を受け入れ、愛するのは、ミフルにとって決して簡単なことではなかった。

ミシャカのことは愛しているけれど、でもまだ深いところで自分を信じ切れていない。仕獣が暴れたら、もし扱えなかったらと思うと、本当に仕獣を出したいのか、それすら分からなくなってくる。

ふたたび落ちそうになった溜息は、力強い声に遮られた。

「俺が受け止める」

はっとしてイザークを見ると、二人の視線がぶつかった。

「どんな姿であってもお前の仕獣なら俺は愛する自信がある。勿論仕獣が出なくてもいい。だが、お前が仕獣を出したいと思っているなら、俺は全力でお前を支える」

彼の瞳に迷いはない。ミフルのことをミフル以上に信じている瞳だ。

ミフルは瞬きながら声を荒らげた。

「そんなこと……簡単に言うな。本当にバケモノが出るかもしれない、誰かを傷つけるかもしれないんだぞ……！」

イザークが笑う。海は俺の庭だ、と言ったときと同じ顔で。

「だから受け止めると言っている。俺はもう八つの子供じゃないんだ。お前の仕獣を抑えられるくらい、お前とやり合えるくらいに俺は強いと自負しているんだがな？」

啞然として口を開ける。

腹が立つ。なんなんだこの男は。こっちが真剣に話しているのに笑いやがって。

イザークは本当に何を考えているのか分からない。

分からなくて、気になって、知りたくて。

「お前、それで負けたら一生笑ってやるからな」

気が抜けた。

「構わんぞ。そう簡単に負ける予定はないからな。だから、お前は何も心配しないで仕獣を出せ。あ、ミシャカに頼むんじゃないぞ。『頼む』っていうのはやってくれるかどうか分からない相手にするものだ。ミシャカを信じて解放してやれ。もうそこに……ミシャカの中に仕獣がいると思って、お前はそれを素直に呼び出すだけでいい」

「簡単に言いやがって」

「お前を信じてるからな」

イザークの得意げな顔が、悔しいことに眩しい。

彼の言葉には力がある。聞いていると本当にできそうな気がしてくる。

まるで、悩んでいるのが大したことではないかのような気分に。

「お前、俺に負けないって言ったの忘れるなよ？　信じるからな？」

肩から力が抜けて、気がついたときには勝手に言葉が口から出ていた。

我ながらおかしくて笑いまで零れてくる。負けることに安心するなんてどうかしている。

完全に脱力していた。何も考えていなかった。

イザークからも同じくらい、気安い言葉が返ってくるものと思っていた。

ミフルの言葉を聞いたイザークは、突如として目を見開くと、苦しそうに、或いは今にも泣き出しそうに顔を歪めた。

目が閉じられる。胸に手が当てられる。震える吐息が、零れる。

「ミフル……頼む。月に触っていいと……言ってくれ」

「月？」

「頼む」

少しばかりうろたえながら、木の葉の隙間の月を見上げた。なぜなのか、イザークが震えるほど触れたいと願った月を。

ミフルが許せば彼は行くのだろうか。本当にあそこまで行けるのだろうか。

分からないけれど、でも。

イザークなら、ロスタムと一緒に本当に月まで行ける気がした。

「触っても、いい……ぞ？」

迷いながら伝えると、イザークの震える指先が宙に浮く。

その直後、掬《すく》い上げられた赤い髪に、彼の唇が押し当てられた。

「許せ……。お前の髪に……月の光が映っていた」

唇を当てたまま、また苦しそうにイザークが瞼を閉じる。なぜだかその姿を見ていられず、咄嗟に彼から顔を逸らした。

イザークの震えが髪から伝わってくる。軽く髪を引かれるたび、イザークの指に直接地肌を触られているようで、首筋に、背中に、感じたことのない痺れが走る。

胸が高鳴りすぎて痛い。体が熱くておかしい。

なのに、離せと言えない。

「ミフル……ミフル……っ……」

彼は何度も名を呼んだ。それと同じ数だけ何度も言葉を呑み込んだ。

イザークは何かを言いたかったのだろう。けれど言葉にならなかったのだろう。

考えていると、塔から聞こえてくるというエルハムの声のことが頭を掠めた。

募りすぎた想いは言葉にならない。それは誰にも届かない。

行き場のない想いを抱えた者は。

「ミフル……」

どうにもならない呻き声を、ただ、月に向かって零すばかりだ。

盗賊捕獲から僅《わず》か六日後だった。

「待ってくれ。やっぱり俺も行く」

まだ柔らかな朝日の下、宮殿の石畳を大股で歩くイザークの背中をミフルは呼び止めた。イザークの隣にはアデルがおり、二人は肩当てと胸当てのついた対魔物用の戦闘服を着ている。

イザークは立ち止まることなく、口に咥えていた紐を取り、高い位置で髪を結わきながら忙しなく答えた。

「ミフル、大丈夫だ。お前の手を借りなくとも俺とアデルで余るくらいだ」

砂漠に魔物が出たと知らせがあったのは朝議の最中だった。イザークとアデルはすぐに準備を整え、砂漠に飛び立つべく鷲部隊が待つ鍛錬場へと向かっていた。

「でも、多くても問題はないだろう？　ロスタムに乗るのが無理ならミシャカに……馬に乗って行ってもいい」

諦めずに食い下がる。魔物討伐は国の防衛の要だ。ミフルとて安穏と暮らすために宮殿に戻ったわけではない。

だからこそ、自分も一緒に行くものと思っていたので「ミフルは宮殿を守っていてくれ」と言われて驚いた。宮殿にはほかの鷲部隊がいるだけでなく、防御に優れた鳳凰の霊獣使もいるのに、なぜ自分が残らなければいけないのか。

自分の所属はイザークの下ではなかったのか。こんなときに離れるならなんのために毎日一緒にいたのか。

「今日は少し遠いんだ」

イザークが困ったように言うと、アデルが間に入ってくる。

「飛べないやつは引っ込んでろ」

彼は既に殺気を発しており、さも邪魔だと言わんばかりにミフルを睨んできた。イザークはアデルを叱るだけで、やはり「ミフルを連れて行く」とは言わない。

鍛錬場に着くと、イザークはすぐにロスタムに跨った。

「ミフル、本当に大丈夫だから宰相室で待っていてくれ。ああ、ラクシュと食事をするのを忘れるなよ。お前は何かあるとすぐに食べるのを忘れる」

微笑まれて何も言えなくなる。イザークはどうあってもミフルを連れて行く気がないのだ。

飛び立ち、砂漠に向かって行く背中を見ながら、ミフルは強く拳を握り締めた。言いようのない無力感と、裏切られたような胸の痛みが襲いかかってきて、唇を噛む。

頭では勿論分かっている。イザークが乗せてくれなければ空を飛べないことも、空中戦では足手纏いになることも。

それでも一緒に行きたかった。イザークがともに盗賊を倒してくれたように、彼に助けられるばかりでなく、彼と一緒に自分も行って、彼の役に立ちたかった。

しばらく立ち尽くしていたが、ほかにできることもなく、言われたとおりに宰相室に戻った。

延々と紙束を揃え、昼食を摂る時間になっても、苛立つ心は少しも治まってくれなかった。

「……よね。ね、ミフル」

昼食は久しぶりに自分の屋敷でミフルが作った。

向かいに座るラクシュに呼ばれ、ミフルは瞬きながら匙《さじ》を置いた。

「……悪い。考えごとをしていた。もう一度言ってくれるか？」

ラクシュが不思議そうに首を傾げる。彼の顔を見ながら、自分に何が起こっているのだろうと思う。

樹の上でイザークと話したときからずっとこうだ。頭なのか、体なのか、とにかく自分の何かがおかしい。

イザークがいないと落ち着かない。彼の香りを近くで感じると胸が疼《うず》く。

「ミフル、疲れてる？　僕、黙ってようか？」

自分でも自分のことがよく分からないが、ラクシュに気遣われているのは情けないとしか言えず、心の中で「しっかりしろ」と己を叱った。

「いや、大丈夫だ。話してくれ」

ラクシュはいったん俯いたが、ややしてから口を開いた。

「ええと、あのね、曲芸団楽しかったなあって」

その途端、頭の中に、あの日の光景が蘇った。

「……ああ、そうだな」

今は素直に答えられる。あの日は本当に楽しかった。

今でも目に焼きついている、宙で繋がれた手、跳ね上がる青いしぶき、イザークが見せてくれた数々の美しいものたち。

「時計も面白かったし、海もすごかったよね。でもね、僕」

ラクシュは面映《おもは》ゆそうに続けた。

「あの日、一番嬉しかったのは、お母さんのお墓参りができたことなんだ。イザーク様、覚えててくれたんだなって、本当にすごく嬉しかった。イザーク様が植えてくれたクロッカスもちゃんと根づいてたよね」

言葉に胸を打たれ「ああそうだな」と言おうとして口を噤《つぐ》む。

幾つも咲いていた白い花を思い出した瞬間、何かが強く心を叩いた。

何か、とても大事な、けれど自分が見落としていることだ。

ラクシュとアミールと出かけたあの日、イザークは曲芸団を見に行く前にラクシュを都の墓地に連れて行った。

墓石の周りに咲いていていたクロッカスは、ラクシュの母を移す際、イザークが気をきかせてわざわざ岩山から持って来たものだった。

最初にその花を岩山に植えたのはビザンだ。二人で暮らし始めて間もなく、彼が突然球根を持って来て、ミフルも絶やさぬよう大事に育てていたが、彼は毎年その時期になると新たな球根を植えてくれた。

クロッカスは様々な色があるのに、ビザンが持って来るのはいつも白で、彼も白が好きなのかと奇遇に思ったことがある。

ミフルの母もその花が好きだった。

ほかのどれでもなく、白のクロッカスが。

「――」

突如胸に嵐が吹き荒れた。

「ね、また行けるかな」

ラクシュが問いかけてきたが、返事もできずに卓に肘をついて両手で強く顔を覆った。

何が偶然だ。

どうして今まで気づかなかったのだろう。

「ミ、ミフル？　大丈夫？」

額を押さえたまま頷く。

「大丈夫だ。すまない……それから、ありがとう」

言わずにはいられなくて、胸から声を絞り出した。

毎年咲く白い花にどれだけ心を癒されていたか知れない。

それでも一度も考えたことがなかった。ほかの誰かがそれをビザンに持たせていたかもしれないなんて。

ラクシュが思い出させてくれなかったら、果たしてそのことに気づけていたかどうか。

「う、うん？」

気づけていたか――認められていたか分からない。

イザークに対するこの気持ちを。

「墓参りには行ける。連れて行く。大丈夫だから……食べてくれ」

──お前はすぐに食べるのを忘れる。

ミフルのことをずっと見ていてくれたイザーク。ミフルが知っているところでも、知らないところでも。

彼はこれまでどれだけのことをミフルのためにしてきたのだろう。

それを考えると、ラクシュを心配させては駄目だと思うのに、胸の底から想いが溢《あふ》れて止まらなかった。

もう駄目だ。降参だ。

イザーク、お前が帰って来たら伝えなければいけないことがある。

今頃やっと分かったのかとお前は笑うだろうか。

何から言えばいいのか分からない。素直に言えないかもしれない。

お前はもう八歳じゃないし、自分ももう六歳の子供ではないからだ。

でも、はっきり言えなくてもお前なら分かってくれると思う。

互いの瞳を見るだけで。

魂を、見るだけで。

胸の熱を持て余したまま食事を終え、ラクシュと別れて宰相室に戻った。そして、午前と同じく書架や紙束を整理しながら、彼が帰って来たら何から言おうかと考えた。

やはり、無事に戻って来てよかった、だろうか。次は連れて行けよ、とも言いたい。それから仕事の報告をして、それから。

新たな手紙が何通か届き、伝令の応対をしていたら着々と時間が過ぎた。

俄かに不安を感じたのは、外が暗くなり始めたときだった。

机上の時計を見れば、イザークたちが出立してから既に九時間経っている。

遅すぎる気がする。魔物討伐とはこれほど時間がかかるものなのか。夜営の準備はしていなかったようだが、もしかしたら今晩戻らないということもあるのか。

「ミフル！」

それが起こったのは突然だった。

扉越しに呼ばれてミフルは肩を跳ね上げた。

声とともに荒々しい足音が宰相室に近づいて来る。

「ミフル・スーレーン！　どこだ！　出て来やがれ！」

誰なのかは顔を見ずとも分かった。アデルだ。

いつ戻って来たのだろう。気をつけていたつもりだが、帰って来ていたのにまったく気づかなかった。

イザークも一緒だろうか。どちらにせよアデルの声は尋常ではない。

嫌な予感に焦りながら扉を開けると、蹴破るつもりだったのか、そこに片足を上げたアデルがいた。

「てめぇっ……」

憤怒の形相のアデルが拳を振り上げ向かって来る。胸倉を掴まれひるんだが、殴りかかってきた右手をなんとか顔の前で受け止めた。

「どうした」

できる限り冷静に訊いた。アデルは頭に血が昇っていて、本気でミフルを締め上げようとしている。自分だけでも落ち着かなければいけない。

「どうしたじゃねえ！　兄貴の首飾りをどこにやった！」

しかし、アデルの言葉に血の気が引き、逆にアデルに詰め寄った。

アデルの腕を摑んで揺さぶる。

イザークの首飾り——魔獣の扉の鍵がないと言うのか。

「どういうことだっ。首飾りって……金の、いつもしてる首飾りのことか」

アデルの腕を摑んで揺さぶる。頼むから違うと言ってくれ。

「とぼけんな！　てめぇが盗ったんだろうが！　さっさと出しやがれ！」

ミフルの手を振り払ったアデルが拳を上げ、避けるのも忘れて目を閉じてしまったが、そのときイザークの声が聞こえた。

「アデル、やめろ！」

宰相室に入って来たイザークがアデルの腕を摑む。負傷している様子がないのにほっとしたが、イザークの頬は汚れていて、一つに結わいていた髪もほどけて乱れていた。

アデルはイザークの手を振り払うと同時にミフルを突き飛ばした。納得いかないように拳は固く握られている。

「イザーク、何が……」

イザークの首にはやはりあるべき首飾りがない。そう簡単に手放すはずがないのに、いったい何が起こったのか。

イザークは溜息混じりに言った。

「屋敷に戻って少し目を離した隙だ。どの道直さなければいけないからと、女官に運ばせたのが失敗だった。恐ろしい獣に襲われたとかで、女官も何がなんだか分からなかったらしい」

「恐ろしい獣」という言葉に震撼《しんかん》しながら、ミフルは尋ねた。

「直さないと……？」

闘いで首飾りが壊れたのだろうか。やわな作りには見えなかったが、それほど激しい闘いだったのか。

「あのクソ野郎が！」

考えていると、突然アデルが怒鳴った。

「普段の兄貴だったらあんな魔物にやられなかった！　なのにまた頭痛のせいで……」

アデルの言葉に眉根が寄る。

また頭痛？

「やられていない。避け損ねて首飾りを切られただけだ」

「だからそれがありえねえって言ってんだよ！　一歩間違えてりゃ首を切られてた！　魔物の傷は剣の傷と違う。そのせいで親父《おやじ》だって死んだ！　大体頭痛頭痛っておかしいだろう。ミフル、てめぇ、兄貴に何か盛ってんじゃねえだろうな」

「アデル、黙れ」

口を挟めなかった。戦闘に支障をきたすほどの頭痛だなんて聞いていない。

「黙らねえよ！　もう我慢できねえ。ミフル、全部お前がやってんだろう。お前が戻って来てからうちはめちゃくちゃだ！　兄貴は毎晩頭痛でうなされてる。左宰相家の屋敷にだけ蠍《さそり》が出る。今度は盗みだ。そんなにうちが憎かったか？　兄貴を誑《たぶら》かして宮殿に戻って来られて、お前はやっと左宰相家に復讐できて満足かよ！」

「アデル、黙れと言っている！　ミフルは次期右宰相だ！　本来ならそんな口をきいた時点でお前は罷免《ひめん》だ！」

知らない。

蠍が出ていたなんて、毎晩うなされていたなんて聞いていない。

あの日、イザークは、ほとんどすべてを曝け出したと言っていたのに。

イザークがアデルの腕を引いて扉に足を向ける。

「ミフル、すまない。この詫びは必ずする。……ミフル？」

自分を呼ぶイザークの声は聞こえていたが、体が硬直していて口を開くことができなかった。

宰相たちが扉の向こう側からこちらを窺っている。怪訝《けげん》そうに顔を歪めて、瞳でミフルを疑いながら。

「ミフル？」

心配そうな顔でイザークが近づいて来る。

我に返り、イザークの首を見た瞬間、頭の中にそこが切られる様が広がった。

「ミフル！」

転がるように宰相室から飛び出る。

吐き気をこらえて屋敷に向かった。

頭が痛い。気持ち悪い。でもイザークはもっと痛かったはずだ。

彼は我慢強い男だ。弱みを見せるのをよしとしない。その彼が、首に隙を作るほどの激しい頭痛に苦しんでいた。

自分が戻って来てからなのか。

では、イザークの先祖は、ミフルのことで何かイザークに伝えようとしているのか。

何を？　警告？

激しい頭痛を与えるほどに？

エルハムがイザークに無意味な苦痛を与えるとは考えられない。であれば、エルハムもアデルと同じように、ミフルからイザークのことを守ろうとしているのではないだろうか。

ミフルから離れろと。

「ミフル、よかった。帰って来てくれて。なんかミシャカが急になきだして」

屋敷に戻るとラクシュが不安そうな顔で駆け寄って来た。

ミフルが階段を駆け上がって部屋に行くと、思ったとおりミシャカが呻きながら床をのたうち回っていた。

「駄目だ。ミシャカ。ないたら駄目だ」

転がるミシャカを押さえて必死に宥める。

子供の頃と同じように。

――ねえ、怖い獣の声がするよ。

――近づいちゃいけないよ。喰われるからね。

あの牙見たかい？

追放されたらしいよ。

あんなバケモノ当然じゃないか。

害獣だって。

蛮獣だよ。

「泣いたら、駄目だ」

どうして生まれてきたんだろうねえ。

奥歯を嚙み、声を殺しながら、隣で膝をついたラクシュをミシャカと一緒に抱き締めた。

こらえろ。冷静になれ。そうでなければ誰がいったいこの子を守る？

何度もミシャカに言い聞かせる。けれどミシャカは口を閉じない。

体を震わせ、荒く息をしていると、ふと背中に何かが触れた。

「ミフル、大丈夫……大丈夫だよ」

ラクシュが小さな手でミフルの背中を撫でてくる。優しく、懸命に。

いつだったか、ビザンがミフルにしてくれたのと同じやり方で。

張り詰めていた糸が切れる。噛み締めた歯の間から声が零れる。

「……っ……」

ミシャカに強く顔を押しつけ、しばらく動くこともできなかった。


夜になり、ラクシュとミシャカを寝かせたあと、ミフルは一人で隣の部屋に行った。

真っ暗な中、壁にもたれて座っていると、誰かがその部屋の窓を叩いた。

誰か。イザーク以外に誰がいると言うのか。

「ミフル」

窓を開ける代わりに膝を抱える。

「開けてくれ、ミフル。ちゃんとお前に詫びさせてくれ」

聞こえてきた声に、これでは以前の自分たちとまるで同じだなと思った。

年に一度会いに来てくれていたイザーク。扉の向こうで一方的に話す彼と、黙り続ける自分。

最悪だ。こんな形で知りたくなかった。

自分は何も成長していない。

「首飾りのことは気にするな。魔獣の山にも行ったが何も変わったことはなかった。獣に女官を襲わせた者は、おそらくただの首飾りだと思って盗んだんだろう。念のため仕獣も置いてきたし、仮に魔獣の鍵だと思って盗んだんだとしても、みすみす死にに行くやつはいない」

思い出さずにいられない。

追放されてからしばらくは、イザークの父に追いやられたこともあり、子供らしい単純さと残酷さでイザークのことを憎んでいた。振り返ってみれば、ミシャカが生まれてから会いに来てくれなかった悲しみと失望も混在していたように思う。それほどイザークのことを信じていた。彼に裏切られたことがひどく悲しかった。母の亡骸を飲んでくれたあとでさえ、何か裏があるのではないかと彼を疑い続けていた。

子供の彼に責任はなかったのだと、理解したのはいつだったか。

左宰相家の息子なのに、ミフルに会いに来ていて大丈夫なのかと。

「ミフル、頼む、開けてくれ。こんなことでお前との関係を壊したくない」

項垂れて耳を塞ぐ。

「愛しているんだ」

もうやめてくれ。

「ミフル……」

どれだけ呼ばれても答えなかった。何を答えられたと言うのだろう。

イザークは長いことその場にいたが、動かないミフルに諦めたのか「明日また話そう」と最後に言い残して帰って行った。

壁に頭を預けて暗い天井を見る。

これからどうすべきか頭では分かっているのに、縛られてしまったかのように心と体が動かなかった。

――墓参りには行ける。連れて行く。

誰が？

――ラクシュはミフルに会えて幸せだな。

違う。幸運だったのは自分だ。彼がいてくれたから自分は生きていてもいいのだと思えた。

――誰も国を追われたお前のことを忘れちゃいねえぞ？

自分だって忘れていたわけじゃない。

だけど、夢を見た。

イザークがいてくれたらなんでもできるのではないかと、自分も自由に空を飛べるのではないかと、そんなことがあるはずなかったのに、彼の隣で甘い夢を見た。

追放された自分に会いに来ていて大丈夫なのかと、初めて思ったのは確か十二のときだ。近づいて来るイザークを扉の隙間から見ながら、それまでの憎しみが不安に、不安が痛みに変わっていくのをはっきり感じた。

来ていていいわけがない。だってイザークは左宰相家の息子で自分の霊獣はミシャカだ。

そのせいで母も侍女も自分と一緒に追放され、怖がる人々に石を投げられ罵倒された。

もしも、自分に会いに来ていると知られたら、誰かがイザークを傷つけるのではないか。

子供の頃の恐怖が蘇り、両手で顔を覆うと唇が震えてくる。

もう少しで叫びそうになったが、昔と同じように口を開けても声を出すことはできなかった。

ミフルが声を上げればミシャカがなく。人々が怯える。母が心配する。
自分がつらいと弱音を吐けば、誰かが傷つく。
どうして誰もが死んでいくのか。自分の周りで、自分のせいで。
自分を生んだから母は死んだ。自分のところに来たからビザンはあんな形で死んだ。
もうたくさんだ。もう誰のことも傷つけたくない。
助けたかった。生きていて欲しかった。
だけど――。
「……イ……」
呼んでしまいそうになった唇を強く噛み締める。
自分だって、本当は、去って行く彼の背中を呼び止めてしまいたかった。
でもイザーク。
イザーク・カーレーン。
心の中だけで彼を呼んだ。
俺はお前を殺せない。
お前だけは俺を見ていてくれた。俺が答えなくても諦めなかった。
好きだと、言ってくれた。
だから、イザーク。
お前のことだけは殺したくない。

彼が消えた窓の外を星が流れていく。

こんなことなら誘いに乗っていればよかったと、髪に口づけられた夜のことを思い出さずにいられなかった。

なあ、イザーク。

お前と酒でも飲んでおけばよかった。

こうなると分かっていたなら。

一度くらい素直になって、お前に触れておけばよかった。

翌朝一番に向かったのは王子のところだった。

「ああ、ミフル、君たちは大丈夫だったか？」

昨日の盗難騒ぎを聞いているのだろう、私室に迎えてくれたファルンは、何よりも先にミフルとラクシュの心配をしてくれた。

単純な盗難ではなく「恐ろしい獣」が関わっているというのに、ファルンがアデルのようにミシャカを疑っている様子はない。

「ご心配ありがとうございます。私たちに変わりはありません。それで……イザークの首飾りはまだ見つかっていないのでしょうか？」

ファルンは首を振った。

「得体の知れない獣が出たと言うからね、そちらも併《あわ》せて捜させているが、まだ足取り一つ摑めていないよ。そんな獣が出たならほかに見ていた者がいてもおかしくないんだが……。知らせを受けた時点で都は封鎖しているから、首飾りはまだ近くにあると思うけどね。勿論、それ以前に都を出ていなければだし、形が変わっていなければの話だけど」

王子は首飾りが魔獣の扉の鍵だとは知らない。だからこそ盗人が首飾りを溶かして金塊にすることを懸念しているが、内情を知るミフルとしてはそのほうがましだと思ってしまう。

本心を隠してミフルは尋ねた。

「つかぬことを伺いますが、仮に首飾りが出てこなかったり、出てきても形が変わっていたりしたら、何かイザークに咎めがあるのでしょうか」

ファルンは瞬いた。

「いや、イザークに咎めはないよ。宮殿に賊が出たからイザークも報告しなければと思ったんだろうが、首飾り自体は左宰相家の財産だからね」

ミフルは一息ついた。

「それを聞いて安心しました。イザークに非は……ないので。ところでファルン様」

「なんだい？」

「私が戻らなければ国が……という王妃の夢ですが、その後何か分かったことはありますでしょうか」

首飾りのことも心配だったが、何よりもこれを尋ねにここに来た。

心は半ば決まっているが、王子の答えによっては考えを改めなくてはいけない。

「それが、そちらもさっぱりでね」

返答はミフルが予想していたもの、つまりミフルの考えを変える必要がないものだった。

「それについてはもう神託はないのでは、というのが多くの神官の意見だ。君とイザークが盗賊を捕まえてくれただろう？　もし君が宮殿に戻らず、あのとき盗賊が捕まっていなかったら、私が暗殺されていたのでは、と神官たちは言っている。私一人の命で国が、というのも大袈裟な気がするが、王の嫡子は私一人だからね。後継者争いで国が分裂するとか、もしかしたらそれでアミールが……と思うと本当にぞっとするよ」

ファルンは寒気を感じたように自身を両手で抱いた。

ミフルもファルンのその気持ちはよく分かった。

アミール、ラクシュ、イザーク。ミフルも、誰も失くしたくない。

「王子に何事もなく幸いでした。いえ、新たな神託がなければそれでいいのです。それを……お尋ねしたかったのです」

ミフルを宮殿に戻すことを望んだ神だ。もしもまだミフルに役目があるのなら、神はミフルの思惑に気づいて何かお告げを寄越していただろう。

それがないということは、おそらく国の危機は乗り越えたのだ。

だからミフルはもうここにいなくてもいい。

「そうだ、盗賊といえば褒美は何がいいか考えてくれたか？　イザークは君に全部やってくれと言っていたが」

ファルンは笑った。

「いえ、褒美は本当に必要ありません。当然のことをしたまでです。ああ……でも」

「何かあったか？」

ミフルは深く頭を下げた。

「どうか……これからもラクシュにお目をかけてくださいますでしょうか。あの子には母親の分まで幸せになって欲しいと思っています」

ファルンは慌てたように、かつ朗らかな声で答えた。

「嫌だな、ミフル。そんなの当たり前じゃないか」

心からの礼を述べて王子の部屋を辞し、いったん屋敷に戻った。

すぐにラクシュを連れて右宰相家に行くと、父がちょうど屋敷から出て来たところだった。

「父上、今日はお願いがあって参りました」

向き合い、すぐに切り出すと、父が神妙な顔で見てくる。

首飾りの件は当然父の耳にも入っているだろう。アデルがミフルに食ってかかったことも、もしかしたら知っているかもしれない。我ながら面倒をかける息子だ。

「なんだろう」

視界の端ではラクシュが不思議そうに瞬いている。

ミフルは彼のほうは見ずに、父に向かってきっぱり言った。

「ラクシュを預かっていただきたいのです」

父よりも先に、口を開いたのはラクシュだった。

「ミフル？　どこか行くの？」

「しばらく忙しくなる」

答えではない言葉を返す。ミフルが行こうとしているのは答えられない場所だ。

「しばらくってどのくらい？」

「分からない。だから父に預かってもらう」

「……帰って、来るよね？」

ラクシュが袖口を摑んでくる。ミフルは静かにその手を外し、父にお願いしますと頭を下げた。

自分が傍にいたらラクシュのためにならない。今でも変わらずそう思う。

しかし、彼をここに置いていくのは決して彼のためではない。

何もかもすべて自分のためだ。

何があっても守ると言って、彼を連れて行くことはできる。

だが自分が追いかけようとしているのは「恐ろしい獣」だ。

もしもラクシュが傷つけられたら？　自分のせいで死んだら？

自分はそんな痛みに耐えられない。ラクシュの死に顔など絶対に見たくない。

ラクシュを死の危険に曝すくらいなら、泣かせたほうがましだ。

「ミフル！　なんで？　どこ行くの？」

縋ってくるラクシュから目を逸らし続ける。今彼と瞳を合わせてしまえば心がぐらつく。

「ミフル……私は二度も息子を失うのは御免だよ」

父は虚ろな瞳で言った。ひどく悲しいのにどうにもできないことを知っている瞳だ。

結局、この人のことを一度も喜ばせてあげられなかった。

「……俺もあなたを失うのは御免です、父上」

それだけ伝えて背を向けた。

ラクシュが追いかけて来ても、泣き叫んでも、決して後ろを向かなかった。

屋敷に戻るとイザークがいた。

無視して通り過ぎようとすると、イザークに左手を摑まれた。

「離せ」

イザークを睨みつける。頭痛で眠れなかったのか、彼の目の下には隈ができている。いつの間にかミフルの顔からは消えていた隈だ。

「ミフル、話をしよう。昨日は本当に悪かった」

「お前に謝られたくない」

お前は何も悪くない。

「大体謝って済む話か？　あれだけ侮辱されて許せって？　俺はお前の弟から盗人扱いされたんだぞ。お前は俺のことを誰にも傷つけさせないと約束した。なのにそれを破った。まあ、信じた俺が馬鹿だったけどな」

お前は俺たちを守ってくれた。だから次は俺がお前を守らなくちゃいけない。

「それは……本当に申し訳なかったと思っている。アデルにはよく言い聞かせる。だが、ミフル……俺にはどうしてもお前が本心からそう言っているようには思えない」

イザークの目が焦《こ》がれるように細められる。

感情を殺した。

「どうして俺が嘘をつく必要がある？　あんな風に疑われて頭に来ないやつがいるか？　仕方ないから付き合ってたけどな、お前とも左宰相家とももうこれきりだ。俺は俺の好きにさせてもらう」

左手首にイザークの指が食い込む。

「違うだろう、ミフル。お前を見てきた俺には分かる。お前は昨日の件で責任を感じて、だから俺から離れようとしている、そうだろう？　俺の頭痛にも何か責任を感じているのかもしれない。だが言ったはずだ。こんなのはなんでもない。俺にとって一番大事なのはお前だ」

なんでもないと言って、お前はまた一人で苦しむのか。

「自惚《うぬぼ》れるな」

できる限り冷たく言った。

「お前の希望を押しつけるな。俺はお前のことなんか考えていない。いい加減手を離せ。俺の許可なく指一本触れないと言ったのは嘘か？」

イザークが息を呑む。力が緩むが、まだ手は離れない。

「ミフル、俺はそんなに頼りないか？　心を預けられない相手か？　俺は……お前に少し近づけたんじゃないかと思っていたんだがな」

お前は近すぎるほど近くにいる。心に根づいてしまうほど。

「……賊のことは感謝している。だが、それとこれとは話が別だ」

顎を上げて、初めて軽蔑するようにイザークを見た。

「離せ。お前に触られると吐き気がする」

イザークが目を見開き頬を強張らせる。

それからゆっくりと指を開き、ようやくミフルの手を離した。

「分かった。俺とのことはもういい。お前の言うとおり、俺が自惚れていただけなんだろう。だが馬鹿な真似だけはするな。ことと次第によっては本当にお前を縛るぞ」

硬い声音で告げたイザークに背中を向け、最後に冷たく睨みつけた。

「やれるもんならやってみろ。お前の縄なんか食いちぎってやる」

食いちぎって、燃やす。

そうするから、どうかお前の遠くに行かせてくれ。

屋敷に向かって一歩を踏み出す。イザークが去る気配を背中で感じながら中に入った。

部屋に行き、床に伏せていたミシャカの前にしゃがむと、ミフルは左手首をミシャカの鼻先に寄せた。

「イザークの匂いだ。分かるな？」

鼻をひくひくとさせるだけでミシャカは何も言わない。じっとミフルを見つめている。

「よかったな、ミシャカ。イザークの役に立てるぞ」

返事がないのが不思議だったが、ミシャカを撫でて気持ちを落ち着かせ、これからすべきことを整理した。

イザークも行ったと言っていたが、やはりまずは魔獣の山に行くべきだろう。何もなければそれから首飾りと盗人を捜し出す。イザークたちが捜しても出てこないのなら、おそらく宮殿の中にはもうないだろうから、都か、或いは守衛の目をかいくぐって外に出てしまった可能性が高い。

でも、どこに行こうと、たとえ形が変わっていようとミシャカなら見つけられる。

砂漠を掘り起こしてでも必ず見つけてみせる。

そう思いながら、今度は、左手首を自分の鼻先に持っていった。

獅子の霊獣を持っていてよかった。一度だけでもお前の役に立てそうでよかった。

イザーク、俺には、お前の匂いが分かる。

「ヌン」

ミシャカが声を発した。

ミフルは苦笑しながら赤い鼻先を指でつついた。

「ミシャカ、『ヌン』じゃない。『ウヌ』だ」

ミシャカがヌンと言っているのは、イザークの匂いが分からないからではない。

ミシャカはイザークの傍から離れたくないと言っている。

首飾りを見つけられたら、もう宮殿には戻らないと決めている。

ミフルが来てからイザークの頭痛が始まったのはきっと事実だ。イザークの先祖がミフルの帰還に反発しているのだろう。左宰相家の屋敷に蠍が出たのも、ミフルを構うイザークに対して誰かが嫌がらせをしたに違いない。

ならば、ミフルが宮殿からいなくなればすべて解決するはずだ。

ラクシュが独り立ちをしたら元々トウに行こうと思っていた。そこに戻っただけの話だ。

父もイザークも王子も、必ずラクシュを守ってくれる。

それだけでいい。ほかには何も望まない。

「ヌン」

不貞腐れて床に顎をつけるミシャカには笑うしかない。

「お前はもうイザークに会わせられないな」

もしも、次にイザークに会ったなら、ミシャカはきっとロスタムの背中に乗ってしまう。

ミフルのように嘘がつけずに。

ミシャカの頭を撫でて宥める。もう一度分からせなければいけない。

ミシャカ、自分の命とあいつの命、お前はどっちが大事だ？

ミシャカは中々動かなかったが、やがて苦しげに呻いた。

それからのっそりと起き上がり、大人しくミフルを背中に乗せた。


「見て、あれが宮殿に戻ったたっていう……」

「おい、もしかして砂漠から人を連れて来てたのって……」

ミシャカに乗って都を歩いていると、人々が囁いているのが聞こえてきた。

だけどもう気にならない。イザークやラクシュと一緒のときは、彼らの評判を気遣ってミシャカを隠していただけで、一人であれば何を言われても構わないし、遅かれ早かれ宮殿とも関係なくなる。

「どうだ？　ミシャカ。何かありそうか？」

ミシャカは先ほどから道の端に鼻をつけるようにして歩いている。商店が多い都の正門方向ではなく、宿屋や民家が並ぶ北門方向の道だ。

まっすぐナルビル山に行く予定だったが、ミシャカが「イザークの匂いがする」と伝えてきたので、そのまま自由に歩いて行かせた。早々に首飾りが見つかるなら何よりだ。

ミシャカの歩みが速まった。

「何かあったか？」

問いかけた直後、ミシャカが立ち止まり、口に何かをぱくりと咥えた。

「お前……本当にすごいな」

振り返ったミシャカの口元を見て思わず呟く。ミシャカの口には、空から落ちたのだろう、魔物退治に行くときイザークが髪を結わいていた青い紐が咥えられていた。

こんな小さなものを捜し出せるのだ。この分なら首飾りも必ず見つけられる。

ミシャカの口から結ばれたままの紐を取る。少し汚れているが間違いない。

しまう先を少し考えたが、ミフルはすぐに結び目をほどくと、落としてしまわないように自分の左手首にきつく巻いて結びつけた。

「ほかには何も……なさそうだな。じゃあこのまま北門から出るか」

ミシャカの鼻によると、首飾りはやはり都にはもうないらしい。本物の鍵である可能性は低いとはいえ、盗人の目的が魔獣の扉を開けることだとしたら、急いで見つけなければならないと思った。

いずれにせよ何かよからぬことをたくらんでいるに違いない。

首飾りが盗られてから既に半日以上が経っている。どんな獣が盗ったのか分からないが、霊獣だったら普通の動物よりは速い。

仮に小さくとも、足が速い霊獣であれば、半日あればナルビル山まで行ける――。

「ミフル様っ」

考えながら北門に急ごうとしたときだった。

獅子のミシャカに怯えもせず、一人の女性が脇からミフルに駆け寄って来た。

「こちらです、こちらにいらしてください」

女性がミフルの腕を引っ張るが、勿論ミフルは動かない。ただミフルが驚いただけだったので、ミシャカも威嚇することなく大人しくしている。

「あなたは……」

化粧が濃いので素顔は分からないが、四十歳くらいのその女性が誰なのかはすぐに分かった。岩山から宮殿に戻った日、イザークの屋敷で最初にミフルを迎えた女官で、そのあとにも何度かイザークの屋敷で見かけている。

「なぜあなたがここに？」

訊きながら、イザークが「女官に首飾りを運ばせた」と言っていたのを思い出し、胸が騒いだ。

「お早く願います、ミフル様。時間がないのです」

だが、女性からミフルに対する敵意は感じられない。彼女が首飾りを運んだのではないにしても、もしかしたら何かを目撃したのではないか。

注意深く辺りを窺ったが、おかしな気配は感じられない。

話を聞く価値はあると思い、ミフルはミシャカから降りると、女性に手を引かれるまま道の脇の家に入った。

ミフルが入るとすぐ、女性がミフルの前で膝をついた。頽《くずお》れた、というのが正しい。

「ああ、ミフル様、来てくださると信じておりました。やはりミフル様も同じお気持ちだったのですね」

女性が涙を流して訴え始めたが、まったく意味が分からない。

彼女の口振りだと、まるで自分たちが待ち合わせをしていたかのようだが、ミフルには彼女と話した記憶も、彼女以外のイザークの女官と接触した覚えもなかった。

随分妙だし、しかも、彼女の態度はまるでミフルこそが彼女の主《あるじ》だとでも言わんばかりだ。

「すまない……あなたが何を言っているのか……」

うろたえながら、正直に伝えると、女性が目をしばたたかせた。

「ミフル様、お分かりになりませんか」

滂沱《ぼうだ》の涙で化粧が剝がれてくる。

溶け崩れていくその顔を見ていると、栗色の瞳が突然記憶を揺さぶった。

「あなた、は……」

「ミフル様。パンテアでございます。サラ様の……あなたのお母様の侍女でございます」

言いようのない衝撃が胸を貫く。

パンテア。ミフルと母と一緒に国を追放された女性。ミフルたちのために働いてくれて、母が亡くなるときにも一緒にいてくれて「ありがとう。ごめんなさい」と書き置きを残して別れた、あの。

「パン……テア……本当にパンテアなのか？」

気がついたときには涙が出ていた。

ミフルはパンテアと同じように膝をつき、彼女を引き寄せ胸に抱いた。

「よかった……パンテア。よく無事で……。顔をよく見せてくれ。すまない、すぐ気づけなくて……本当にすまない」

　服の袖で彼女の顔を拭う。ああ、パンテアだ。本当に彼女だ。

「ミフル様こそよくご無事で……。なぜですか、どうして行ってしまわれたのですか。私がどれだけあなた様を捜したか……」

　ミフルは泣きながら微笑んだ。

「あなたには感謝をしていた。あなたには幸せになって欲しかった。ちゃんと宮殿に戻れたんだな。ずっとイザークの屋敷にいたのか？　イザークは優しかっただろう？」

　一瞬、なぜ彼女のことをイザークもパンテア自身も黙っていたのかと思ったが、それよりも再会できた喜びのほうが大きく、ミフルは素直に問いかけた。

　イザークのことだ。ミフルと一緒に追放された侍女なら特に丁寧に扱ってくれただろう。彼女があの屋敷で幸せに暮らしていてよかった。

　こうして生きていてくれて、本当によかった。

「イザークが、優しい……？」

　しかし、微笑んでいたのはミフルだけだった。

　ミフルの言葉を繰り返すなり、彼女は眦《まなじり》を吊り上げた。

「ミフル様、何を仰っているのですか。あんな男が優しいなどと……」

「パンテア？」

みるみる変わっていく形相に戸惑い、ミフルはパンテアから手を離した。

「ミフル様、私が宮殿に戻ったのは憎き王家と左宰相家に復讐をするためです。ミフル様も同じお気持ちでお戻りになったのでしょう？」

見えない刃が胸に突き刺さる。驚愕しながら首を振った。

復讐？　違う。そんなことを望んでいたのではない。

「パンテア、違う。そんなことを言っては駄目だ」

「何が違うのですか！　国を追われた恨みを、サラ様を亡くした痛みをお忘れですか！」

首を振るしかできなかった。

「ミフル様、十八年かかりました。どうすれば復讐できるのかと考え始めてから十八年……。でも、ようやくその日を迎えることができました」

パンテアが恍惚《こうこつ》とした表情で微笑む。その目はもうミフルを見ていない。

「ええ、時間はかかりましたよ。私には力がありませんから。ですから、魔獣を解放して国を滅ぼそうと思うまでに二年。ナルビル山に行って魔獣の扉を見つけ、鍵がどこにあるのか、文献や伝承を探るのに……これが一番長かった……十二年。王家が鍵を持っていると突き止め、宮殿に登用されるまでにまた二年。でも、宮殿に入り込んで、たったの二年で鍵を見つけることができました」

息が苦しい。どうしてだ。こんなことをさせたかったわけじゃない。

幸せになって欲しかっただけだ。

「まさか、王家ではなく、イザークが鍵を持っていたとは」

その言葉に、愕然としながら思い出した。

従順で忠誠心の強い――パンテアの霊獣は、四つ足の羚羊だ。

「鍵はどこだ！　出してくれ！　俺はあなたにこんなことをさせたかったわけじゃない！」

パンテアの肩を摑んで揺さぶった。

「ミフル様、どうかお逃げください。ミシャカ様なら間に合うはずです。それだけをあなたにお伝えしたかった」

「鍵は本物かどうか分からない……！　首飾りを返せばあなたの罪も軽くなるはずだ。俺がイザークに頼む、なんとかする。だから鍵を返してくれ！」

幸せそうとも言える顔で、パンテアは笑った。

「鍵が本物かどうかはじきに分かります」

「な……」

扉の隙間から霧が入って来たのはそのときだ。

白い霧が羚羊の形となり、こちらに音もなく駆けて来た。

「よかった……。無事に開いたようですね」

パンテアがゆっくりと目を閉じ、ミフルの腕の中に崩れてくる。

「ミフル様、あなただけはどうかご無事で……」

薄く開いた口の中に、静かに羚羊が吸い込まれた。

「パンテア……！」

どれだけ呼びかけてももう答えはない。

彼女の肉体ではなく、彼女の魂が、どこかで先に潰《つい》えたのが分かった。

「パンテア……！　どうして……！」

目から涙が迸《ほとばし》る。

全身を震わせながらパンテアの亡骸を掻き抱いた。

どうしてこんなことができたんだ。

霊獣をなんだと思っているんだ。

「っ……」

自分の命をなんだと思っているんだ。

突然、悲しみからではなく警戒心からミシャカが唸った。

風が音を立てて扉を揺らし、外がいきなり暗くなった。

「魔……」

イザークの鍵は本物だったと、パンテアの霊獣が本当に魔獣の扉を開け、その結果、真っ先に餌食になったと言うのだろうか。

「ミシャカ、行こう」

顔を拭って立ち上がる。ろくな別れもできないままいつも何かが起こる。

ミフルはパンテアを抱き上げて奥の部屋に運び、寝台に寝かせて布を掛けた。

あとで必ず弔いに来る。けれど今は状況を確認するのが先だ。

扉を開けると強い風が吹きつけてきた。

彼方《かなた》を見れば、正門の向こうの空から、分厚い暗雲が押し寄せてきていた。

「ラクシュ！」

「ミフル！」

宮殿に戻り、最初に向かったのは父の屋敷だった。

父と一緒に階段を駆け下り、胸に飛び込んで来たラクシュをミフルは力いっぱい抱き締めた。

「ミフル、何が起こってるの？　こんな風今まで一度も吹いたことがないよ」

苛酷な砂漠で暮らしてきたラクシュが怯えを露わにして言う。

暴風は都を薙《な》ぐように吹き荒れており、砂漠から飛んできた埃《ほこり》は既に宮殿の中にも積もり始めていた。

「いいか、ラクシュ。落ち着いて聞いてくれ。魔獣がおそらくナルビル山から出て来た。俺と父は闘いに行かなければいけない。だからお前をこれから王子のところに連れて行く。分かるな？」

ミフルが肩を摑んで言うと、すぐに頷きが返る。迷う時間がないのを感じ取っているのだろう。

「イザーク殿から火急の招集があったから何かと思ったが、まさか魔獣とは……。それは本当なのか」

驚愕する父は既に戦闘の準備を終えていて、手には余分に胸当てを持っている。

「そう思って間違いないと思います。どうやらナルビル山に扉があって、魔獣はその中に閉じ込められていたようです。ただ、中にいたのは一体ではなかったかもしれません。或いは、魔力に引かれてほかの魔物も集まって来ているのか……。なんにせよ凄まじい魔力です。早急に倒さないと……大きな被害が出ます」

父は頷き、胸当てをミフルに差し出した。

「ミフル、お前は魔物討伐に出るのは初めてだったね。胸当てを用意したからしていきなさい。それから、引っ掻き傷はともかく魔物には決して嚙まれないように。毒を持っているからあとが厄介だ。斬ったあとは必ず火で……」

そこではっとしたように父は言葉を止めたが、ミフルは動じず答えた。

「分かりました。大丈夫です。ミシャカも火を吐くので必ず燃やします。それに、多くはないですが魔物と闘ったこともあります。では父上、私はラクシュを預けてそのまま行きます」

その場で裾の長い上着を脱ぎ、脚衣と胴衣姿になると、ミフルはその上から父が用意してくれた胸当てをした。腰に手を当て長剣と小剣を確認する。あての知れぬ旅路に備えて、編み上げ靴ではなく脛《すね》まである長い革靴を履いていたのは正解だった。

父の屋敷を出て、ラクシュをミシャカに乗せて王宮まで走ると、王子たちは既に王の部屋に集まっていた。

「ああ、ミフル、砂漠でいったい何が起こっているんだ？」

蒼白い顔で言う王子の前に、ミフルはラクシュを伴い跪いた。

「ナルビル山から魔獣が出て来たと思われます。どうやら山に扉があり……そこの鍵が開かれたようです。つきましては……」

パンテアのことは話せなかった。彼女の罪はいずれミフルが償うとしても、今それを話したところで王家を混乱させるだけだ。

しかし、ラクシュのことを頼もうとしたミフルを、突然王が遮った。

「魔獣の扉だと？　馬鹿な！　そんなはずがない。あそこの鍵は余が……」

皆が驚いた顔で王を見る。

王は一瞬顔を強張らせたが、観念したように目を閉じた。

「あそこに獣を閉じ込めたのは……我らが先祖だ。鍵も余の手元にある。真に魔獣ならば、誰がどうやって鍵の霊力を無にしたと言うのだ」

明かされた事実に目を瞠《みは》る。パンテアが亡くなる間際に「王家が鍵を持っている」と言っていたが、あれは本当だったのだ。

王家の先祖が閉じ込めた魔獣。王が今も持っている扉の鍵。

だがイザークの鍵で扉は開いた。なんの霊力も込められていなかった、単なる金の鍵で。

何が起こっているのか誰も答えられない中、王妃だけが顔を覆って椅子の背にもたれた。

「獣を閉じ込めて、だからこそ、余はお前を……」

王はミフルに更に何か言いかけたが、ミフルは立ち上がって一礼した。

よくよく考えれば扉についての答えは出るだろうが、今はそれをしている時間がない。

「恐れ入ります、私は行かなければなりません。王もお早く地下に避難を。それから、どうかラクシュをお願いいたします」

王が口を閉じて頷く。

「ミフル、頼む！　情けないが君たちだけが頼りだ……！」

片手でアミールを抱いた王子が、もう片手でラクシュを引き寄せながら言った。

「ご安心ください。そのために私たちはおります」

力強く答えると、ラクシュが手を握ってくる。

「ミフル、気をつけて……！」

「きよつけて！」

笑ってみせて、ラクシュとアミールを安心させた。

この子たちも、国も、必ず自分が守ってみせる。

「ミシャカ、都を離れたら最大化しろ」

王宮の出口でミシャカに命じると、ミシャカが興奮してたてがみを逆立てた。

最後にミシャカを最大化させたのは五年ほど前だ。誰もいない夜の砂漠で、ミシャカは城門を守る巨大な鳳凰像と同じほどの大きさになった。

あのときより自分の力が増しているという自覚がある。今最大化させたらどのくらいになるのか見当もつかない。都で大きくするのは危険だ。気をつけなければ民家を潰してしまう。

「ミフル！」

背後から呼ばれたのはミシャカに乗ろうとしたときだった。振り返るとイザークを乗せたロスタムがこちらに向かって翔けて来ていた。防衛隊は既に戦闘態勢に入っており、イザークの後ろにアデルやほかの竜の霊獣使、多数の鷲部隊がついて来ている。

「どこにいたんだ？　捜したぞ。あとで説明するから早く乗れ。宮殿じゃミシャカを最大化させられないだろう？」

つい先ほど言い争ったというのに、彼からは微塵もわだかまりが感じられない。それだけでなく、まるでミフルの心を読んだかのような言葉に気持ちが揺れた。ミシャカがどれだけ大きくなろうと竜の速さには敵わない。ロスタムの背中に乗れば、それだけ早く敵に立ち向かえる。

「でも……」

焦る心とは裏腹に、ためらいが口をついて出る。

イザークにひどいことを言った。それに、きっと自分がロスタムに乗ったら。

「早くしろ。意地を張ってる場合じゃない」

イザークの緊迫した声が迷いを断ち切る。

「……くそっ」

急いでミシャカを抱えて乗ると、すぐさまロスタムが翔け出した。

「おい、一つ答えてくれ。嘘をつくなよ」

都の正門を越えたとき、ミフルは問いかけた。

開けた口の中が砂埃でざらつく。普段は澄んでいる上空の空気も今は茶色く濁っており、地上と同様激しい風が渦巻いている。

「なんだ？」

「頭痛はどうだ？」

は、とイザークは笑った。

「絶好調に痛いな」

答えるイザークの肩につい溜息を落としてしまう。だと思った。

勝手な想像だが、ミフルが近くにいるとイザークの頭痛は増すのだろう。そう言ったところで彼は否定するだろうが。

「すまない……。それはたぶん俺のせいだ。広いところに出たらすぐに降りるから」

自分の存在がイザークを傷つける。認めたくなくともおそらくそれは事実だ。

沈んだ気持ちを隠す余裕もなく打ち明けると、イザークが振り向いた。

「何がお前のせいだ。お前には想像もつかないだろうけどな、お前がいなくなったときの痛みに比べたらこんなのはなんでもない。ミフル、さっきも言ったが、俺にとって一番大事なのはお前だ。俺のことを本気で心配しているなら俺から離れるな」

イザークの言葉が胸に突き刺さる。

離れることが彼を守ることだと思っていたが——違うのだろうか。

分からない。これからも彼の傍にいてもいいのか、まだ「そうだ」とはっきり答えを出すことはできない。

でも、と考えながら、答える代わりに彼の腹に回した手に力を込めた。

でも、心の半分では、このままこいつと行けるところまで行ってみたいと思ってしまっている。

「説明がまだだったな。どうやら俺が持ってた鍵が本物でな。魔獣の扉が開いた」

前方の暗雲が厚みを増していく。そこに突進しながらイザークは言った。

「扉が開いたのをどうやって知った？　仕獣が知らせたのか？」

「そうだ。不審な羚羊が来たと思ったらすぐに扉が開いたらしい。羚羊ということはおそらく……首飾りを運んだ女官が盗みの犯人だったんだろう。屋敷を探したけどいなかったしな」

暴風が吹いているとはいえ、周りには鷲部隊とアデルがついて来ている。

ミフルはイザークの耳裏に口を近づけた。

「イザーク、その女官だが……」

「彼女がなんだ？」

イザークが彼女の正体に気づいている様子はない。

「パンテアだった。俺の母の侍女で、俺たちと一緒に国を追放された女性だ。お前の言うとおり彼女が首飾りを盗んで……魔獣の扉を開けた」

女官の実の姿に驚いたのか、イザークからは返事がない。

「すまない……」

思わずイザークの背中に額をつけると、静かな声が背中から聞こえた。

「彼女は今どこに？」

声から怒りではなく憐れみが感じられる。魔獣の扉を開けたパンテアがどうなったのか分かっている声だ。

「都の家に……置いてきた。あとで弔おうと思っている」

「分かった」

即答する声は、ミフルの気持ちを知っているかのようだった。

森と砂漠の境目に着くと、一段と激しい砂嵐が襲いかかってきた。暗雲との距離がどんどん縮まり、ミフルは焦りながら口早に尋ねた。

「そういえば、お前、王も魔獣の扉の鍵を持っていたって知ってたか？」

「いや？　王が？」

イザークが心底驚いているのが体の強張りから伝わってくる。

「ああ、王の先祖が魔獣を山に閉じ込めて、だからその鍵を今でも王が持っていると言っていた。でも、その鍵には霊力が入ってるって言ってたから、たぶんお前が持っていた鍵とは違うと思う。つまり、お前の鍵だけが本物で、王の鍵は偽物なんじゃないかと俺は思う」

イザークは唸った。

「要は、なんだ？　エルハムが鍵をすり替えて、だから『王家に秘密にしろ』って言ったたってことか？」

「分からないけどな。お前の先祖には訊けないし。でも、魔獣が今も生きていて――生きてるのか？――王家を恨んでいるとしたら……間違いなく王家がいる都を狙ってくるだろうな」

二人同時に悪態をついた。

「単なる魔獣じゃなくて何か裏があるってことか。だが、分からないことを今考えていても仕方がない。ともかく魔物は砂漠で食い止めるぞ。くそっ、なんなんだあの数は」

前方に向かってイザークが零す。見えてきた魔物の数と姿にミフルも息を呑み込んだ。とんでもなく多い。思っていたよりずっと。

「イザーク、俺はここで降りる」

ミフルは敵を睨みながら告げた。暗雲だと思っていたのは翅《はね》が牙の形をした魔虫の大群だった。虫といっても小さなものでも猫、大きなものでは子羊ほどの大きさがある。

全身に棘《とげ》を生やした大蠍や、べたつく岩のような得体の知れない黒い塊。地表にも当然無数の魔物が集結している。

「ああ、そうだな。ここでやらなきゃ間に合わ……ミフル！」

イザークの腰から手を離したときだった。魔物の大群の中に赤い斑紋が浮かび上がり、それがミフルたちに向かって凄まじい速さで飛んで来た。

火の玉だ。

「こいつら火を使うのかっ」

イザークが立ち上がって剣を抜く。ミフルも立ち上がりながら素早くミシャカを空に放った。

「ミシャカ、最大化しろ！」

ロスタムから降り、大声で命じたミフルは、落下しながら大きくなるミシャカの背中に飛び乗った。

「全軍、突撃！」

剣を振り上げたイザークに呼応し、巨木のような足で地上を踏み締めたミシャカが咆哮する。

城門の鳳凰像どころか、ミシャカの体高は都の城壁をも越えるほどで、ミフルは赤いたてがみの中で立ち上がると、己の血が沸くのを感じながら魔物たちを睥睨《へいげい》した。

人の頭ほどもある魔虫を剣で叩き斬る。飛んで来た火の玉をミシャカが火炎で弾《はじ》き返した。

火の玉を吐き出しているのは骨だけの馬と鷲だ。肋骨の中に砂混じりの黒い靄が充満しており、その靄が喉を逆流して口の中で火の玉になっている。こんな魔物は見たことがない。

「サイ、噛み砕け！」

アデルの竜が尾で魔物を串刺しにし、馬の骨を頭から丸齧りする。アデルの凶暴さが今は頼もしい。

ロスタムが吐く水の威力は凄まじく、彼が口を開けて左右に顔を一振りすると、氷の刃に切り刻まれた魔物たちから断末魔の悲鳴が上がった。その間にイザークはロスタムの角を削り、百羽以上の大鷹を飛ばして魔物の急所を貫いていく。

ミフルも休むことなく剣を振るう。ミシャカの前足で魔物を潰し、暗雲を烈火で燃やし続ける。

それでも、だ。

一向に減らない魔物に違和感を覚え、ミフルは焦りながら敵を窺った。どれだけ倒しても少なくなるどころか、まるで砂漠中から吸い寄せられるようにどんどん集まって来ている。

探っているうちに気がついたのは、魔物が二種類いることだった。

魔虫や大蠍、双頭大蛇などのよくいる魔物とは別に、黒い靄を胸に抱えた骨組みだけの魔物がいる。

魔虫などは斬れば消滅し、魔物の骨を燃やすこともできるが、靄だけは何をしても消えることがなく、新たな骨を砂漠から引き寄せふたたび魔物を組み立てていく。

汗が背中を流れる。これでは永遠に終わらない。振った剣の分だけミフルたちは疲弊していくが、骨の魔物の力は尽きることがないのだ。

それに、昼夜を問わず吼えていた魔獣はどこにいるのか。あの黒い靄が山に閉じ込められていた魔獣の正体なのか。

「おい、なんだありゃ……！」

どうすればあれを消せるのかと思った瞬間、アデルが息を切らせながら叫んだ。

ロスタムの上でイザークも動きを止める。

見れば、戦の場には不似合いな、毒気を抜かれるほどにゆっくりとした動きで、業火と黒煙を掻き分けながら、何かがこちらに向かって来ている。

敵の姿が露わになる。

「な……」

ミフルは思わず声を漏らし、目を見開かずにいられなかった。

空の中を歩いて来たのは、黒炎を全身から噴き上げ、背中に大きな鳥の羽を生やした黒獅子だった。

特別に巨大なわけではなく、普段ミフルが跨るミシャカと同じくらいの大きさだ。

そして、その獅子には、ミフルとよく似た、いや、瓜《うり》二つの男が半跏の姿勢で跨っていた。

年の頃も同じほど、ミフルと違っているのは赤黒い瞳と黒髪と、妖艶とも言える表情くらいか。

イザークから離れた正面で黒獅子が止まる。黒髪の男が命じたのか、いつの間にか自分たちの周りからは魔物が消えている。無論、敵は矛先を変えただけで、アデルや鷲部隊は一気に増えた魔物相手に激闘を繰り広げている。

「お前は誰だ？」

うっすらと笑いながら男が言うと、声が頭の中で反響して痛みを引き起こした。

頭痛のせいか、魔獣の姿に驚いたからか、イザークの眉間にも深い皺が刻まれている。いずれにせよ彼も気づいただろう。

これは慰霊塔から聞こえてくるエルハムの声と同じもの。

この世のものではない声だ。

「イザーク・カーレーン。お前は……？」

イザークの返事に男が緩慢に首を傾げる。

その姿にミフルは悪寒を覚えて身を震わせた。

間違いなくこの黒獅子と、ミフルによく似たこの男がナルビル山の魔獣なのだろう。

であれば尚更男の名前を知るのが怖い。

王家に閉じ込められたのが、恐れられていた砂漠の魔獣が、もしかしたら――。

「イザーク？　知らないな。まあいい。我が名はナシール・スーレーン。エルハムはどこだ？」

一瞬きつく目を瞑った。

やはり、この羽の生えた黒獅子の魔物、黒髪の死霊は、ミフルの先祖なのだ。

「あの野郎、すぐ開けるって言ってたのにな」

妖《あや》しく笑いながらナシールが黒髪を掻き上げる。

倒さなければいけないのに、もう一人の自分を見ているようで動けずにいると、イザークが言った。

「見えてきたぞ。つまり、お前はミフルの先祖で、何かしらの理由で王家によって閉じ込められた。その鍵をエルハムがすり替えて……違うな、王家に命じられてお前を閉じ込めたのはエルハムなのか。だが、エルハムはお前を助けようとして最初から鍵をつけ替えていた。それであとで開けに来るつもりで、いったんは閉じ込めて、でも……そのまま助けに行かなかった」

行けなかった。

イザークの推論が正しければ、エルハムは鍵を開ける前に崖崩れで死んだのだ。

開けに行こうとしていたのかもしれない。本当は「鍵を開けろ」と言い遺していたのかもしれない。

だが今それを明らかにしたところでなんになる？

ナシールは閉じ込められたまま死んでしまったのだ。

「そして、お前は王家とエルハムを恨んで死に、魔の獣と成り果てた。ナシール、俺は現カーレーン家の当主だ。何があったか知らないが、お前のことは気の毒に思うし、結果的にエルハムがお前を裏切ったことには詫びを言う。だが、魔獣となったお前を俺は放っておくわけにはいかない。ミフルの先祖ではあるが、お前にはここで消滅してもらう」

ロスタムが目を光らせ両手の爪をナシールに向ける。するとナシールの顔から笑みが消え、黒獅子が牙を剝き出しにした。

「お前、邪魔だ」

その声に合わせて彼の周りに骨組みの魔物がぞろぞろと集まって来る。瞳と口を赤く光らす、胸に黒い靄を抱えた魔物たちだ。

そのときようやく気がついた。

この靄の魔物たちは、スーレーン家の霊獣使であるナシールの仕獣たちだ。

ナシールの仕獣が一斉にイザークに向かって行く。

「ミシャカ、燃やせ！」

ミフルが咄嗟にそれらを焼くと、今気づいたと言うようにナシールがミフルを見下ろした。

「お前もいらない」

黒獅子の口がミシャカに向けられる。

「くっ……」

ミシャカが火を噴くより先に、ロスタムが水砲を放って黒獅子の炎を止めた。頭上でイザークの仕獣とナシールの仕獣が激突している。後方ではアデルたちが奮闘を続けている。

粉砕、焼却、再生。

魔物たちはナシールが現れたことで勢いを増している。

血を流して倒れているのは人間だけだ。

堂々巡りとはこのことだった。どれだけ骨を燃やしたところでナシールを仕留めなければ仕獣は消えない。戦線は少しずつ都へと後退している。このままでは砂漠の動物の骨どころか、都に埋められた人の骨までナシールは使うだろう。

クロッカスの花が脳裏をよぎる。

させない。そんなことは絶対に。

ロスタムの水砲と黒獅子の火炎砲は正面からぶつかっている。ミフルは隙をついてナシールの横に走り、巨大な火の玉を黒獅子目がけてミシャカに吐かせた。

「ミフル、よくやった！」

イザークの声に力を得て、もう一発お見舞いする。

火の玉は黒獅子とナシールを丸呑みする大きさだ。ナシールが避ける時間も距離もない。

しかし、当たるどころか火の玉はナシールと黒獅子をすり抜けて、その後ろにいた魔物を数体燃やしただけだった。ナシールはミフルを一瞥しただけで、愉快そうにイザークに向けて仕獣を放っている。

どうすればこの魔獣を倒せると言うのか。肉体があるように見えるだけで、黒獅子もナシールも掴むことのできない霧と同じなのだ。

水砲と一緒にロスタムから雷が放たれる。空を切り裂く光の刃を黒獅子が火炎で受け止める。光と炎がぶつかり合い、太い柱となって天を貫き砂漠を揺るがす。

その光る柱にふと、空を昇る竜の姿が重なって見えた。

霊獣使の亡骸を飲み込み月へと運ぶ竜。百九十年後に、彼らがふたたびこの世に生まれ変われるように。

閃《ひら》いたのはその瞬間だった。

「ミシャカ、俺をイザークのところに飛ばせ！」

命じながら、急いでミシャカの鼻先に滑り降りると、ミシャカがいったん鼻を下げ、思い切り反動をつけてミフルをイザークの元に飛ばした。

なぜその可能性に気づかなかったのだろう。

降り立ったロスタムの背中を駆け上がりながら考えた。

幾ら魔獣になったとはいえ、ナシールは元々霊獣使だ。そして、おそらく彼の体は竜に飲まれることなくまだこの地上に残っている。

竜に飲まれれば霊獣使は浄化される。

魔獣となったナシールがそれで消えるか分からないが、やってみる価値はあるのではないか。

「イザーク！」

イザークの元に着き、魔物を剣で払いながらミフルは呼びかけた。

「どうした？」

イザークは仕獣を放つために、剣を持った右手を前に出したまま顔を歪めていた。こめかみが青い。頭痛がひどいのだろう。

「骨だ、イザーク。ナルビル山にきっとナシールの骨が残ってる。それをロスタムか、でなきゃサイに飲ませたらこいつを消せるんじゃないのか」

イザークが面白そうに唇の端を上げた。

「なるほどな。名案だ。取りに行けるか？」

「行ける。その間なんとかナシールを抑えていてくれ。できるだけ早く戻る」

「分かった。だがサイには飲ませるな。俺が飲む」

思いがけず強い口調で言われ、尋ねた。

「なんでだ？」

「大人しく飲まれると思えない。腹を食い破られる可能性がある」

自分の浅はかさに喉が締めつけられ、涙が出そうになった。

「なら……何かほかの方法を……」

「いや、俺もそれしかないと思う。安心しろ。たとえ共倒れになっても必ずあいつを飲み込んでやる。それでお前を守れるなら本望だ」

恐怖と悔しさを拳で握り潰す。そうしたくないのにそれしか道がない。

飛び降りる寸前、一瞬だけ振り返り、イザークの横顔を目に焼きつけた。

イザーク、お前に誓う。

無事に闘いが終わったら、俺はお前を抱き締める。

「行け、ミフル。それで必ず帰って来い。お前が戻って来なかったらこの国は終わりだ」

イザークの言葉を聞いたときには、ロスタムの背から飛び降りていた。

「なんだ？　二人でかかって来ると思ってたのに。まあいい。お前、邪魔だけど強くて面白い。剣も強いか？」

ミシャカの背に乗り、見上げると、黒獅子とナシールがイザークの真横にいた。ナシールが腰から剣を抜き、楽しそうにイザークに振り下ろしていく。本当に単なる打ち合いを楽しむつもりなのか、黒獅子は火を噴かずに純粋にナシールの足となっている。

これだけの魔物を引き寄せられるのだ。ナシールは生前から相当強かったのだろう。イザークに――万全の状態のイザークに――匹敵するほどに。

どうしたって分が悪い。生身のイザークに対してナシールの霊力は底なしだ。

「イザーク、こらえてろ！」

闘いに夢中になっているようで、幸いナシールはこちらに目もくれない。ミフルはミシャカに跨ると、ついて来る魔物を蹴散らしながらナルビル山に急いだ。

ナルビル山は不毛の岩山で、山肌には色の異なる地層が幾つも走っている。天然か人工かは分からないが、中には複数の空洞があると見え、遠くからでも入り口のような穴が開いているのが見えた。

大きいだけではなく形も複雑だ。ナシールが外に出て魔力が分散してしまった今、なんの助けもなければ魔獣の扉を探し当てるのは至難の業だっただろう。

だが、ミフルは中に入れるようミシャカを小さくしながら、迷うことなく一箇所に向かって直進して行った。

どこに行けばいいかは分かっている。

既にミシャカは鍵に染みついたイザークの匂いを嗅ぎつけている。

「くそっ……」

しかし、山に入る直前、新たな魔物が中から出て来てやむなくミシャカを止めた。ナシールの霊力に引き寄せられた魔物がそのまま残っていたのだ。

飛んで来た魔物を剣で切り裂き穴に向かってミシャカを進める。走りながら爪で、牙で、ミシャカも果敢に立ち向かう。

けれど、容易に魔物を倒しながらも、すぐにミフルは焦燥を感じ始めた。

骨組みの仕獣はおらず、向かって来るのは魔虫などの小物ばかりだが、何せ数が尋常ではないので中々前に進まない。ミシャカに火を噴かせれば一発で消せるだろうが、ここでそれをするのはあまりにも危険だった。飛び火でもして万が一ナシールの骨を燃やしてしまったら、そのときこそどうなるか分からない。

「くそっ、どけっ……！」

時間が無情に過ぎていく。この間にもイザークはナシールと闘っている。もどかしくてたまらない。

誰かこいつらを消してくれ。俺は早く戻らなきゃいけない。

そうしなければ国が、自分が戻らなければイザークが死んでしまう。

「誰か」

呼びかけても返事はない。

「頼む」

何度も繰り返すがここにいるのは自分だけだ。

魔虫の羽音にミフルの声が消される。魔物が山の穴を覆う。

だが、助けを求めながら夢中で剣を振っていたそのとき。

まるでミフルに答えるかのように、なぜだかイザークの声が聞こえた。

——ミフル、頼んでは駄目だ。頼むというのはしてくれるかどうか分からない相手にするものだ。

イザーク、と心の中で呼びかけると、更に彼が語りかけてくる。

既にお前の中にいると思え。お前はそれを素直に呼ぶだけでいい。

ミフル、俺は、お前のことを信じている——。

それは天啓としか言えない。

雷に打たれたように、突如彼の言葉が理解できた。

「ああ、そうか。イザーク、そういうことか」

声に出して言うと気持ちが落ち着き、それと同時に胸に怒りが込み上げてくる。

情けなかった自分自身に対する怒りだ。

どんな仕獣が出て来るか分からない？

だからいったいなんだと言うんだ。

それは俺の魂の欠片《かけら》だ。

たとえそれがなんであっても、イザークだけは受け止めてくれる。

「出て来い、仕獣ども！　俺がお前たちを使ってやる！」

叫びながらミシャカのたてがみを剣で払った。切れた毛束を宙に放るとミシャカが吼えながら頭を振る。

日の光を浴びながら、四方に散らばった金赤色の毛は、一瞬して金に輝く無数の獅子の仕獣に変わった。

「道を開けろ！　魔物を食い尽くせ！」

金獅子たちが魔物に食いつき、開いた道をミフルは扉に向かって進む。

ミシャカに乗る体が驚くほど軽い。

ミシャカが解放されたのが分かる。

過去も、未来も、天も地もなく、ただここに己があるということ。

イザーク、分かった。

これが魂の解放か。

ナルビル山の内部は洞窟《どうくつ》になっており、ミシャカの両耳から炎を出して辺りを照らしながら進んだ。

入り組んだ穴の中を進むにつれ、ひんやりとした冷気が首筋を掠めていく。

じきに、到達した洞窟の突き当りに、開いたままの鉄扉が現れた。ミシャカがなんとか通れる大きさで、錠前に刺さったままの鍵の下に首飾りの鞘が落ちている。

否応なく、パンテアの羚羊がここで果てた姿が頭に浮かんだが、頭を一振りして感傷を抑えつけた。

ミフルはミシャカの背から降りると、鉄扉から鍵を抜いて鞘に収め、せめてイザークに返そうと思いながら腰に差し込んだ。

ミシャカが洞窟――監獄の中に頭を入れる。耳の火だけでは明るさが足らず、全体は見えなかったが、炎は大きくしないほうがいいと思った。ここまで来てナシールの骨を燃やしたくないし、魔物にこちらの位置を教えてしまうことにもなりかねない。

怪しい気配はなかったが、用心して中に入り、小さな火を頼りにナシールの亡骸を探した。

壁伝いにではなく、真ん中を歩いて行くと、すぐに動かぬ何かが目に飛び込んでくる。鞘から抜かれた剣だ。緑青色《ろくしょういろ》に錆《さ》びついているが、よく見ればそれは魔獣と化したナシールが抜いたのと同じ剣なので、あちらは魔力で模《かたど》った剣なのだろう。

剣の傍には腕輪や指輪もある。少し離れたところに首飾りも。

壁にもたれた姿勢で亡くなったらしい、ナシールの骸《むくろ》は、服と装飾品の下で既に砂のように崩れていた。

胸に込み上げてくるものがあったが、これが自分の先祖だったのだと思いを馳《は》せている時間はない。

胸当てを取り、胴衣を脱いで剣で裂くと、ミフルは、両手で掻き集めた遺骸をその衣で包み込んだ。腕輪などの装飾品と、柄頭に赤い宝石が埋め込まれた剣も手に取る。

そして、立ち上がって顔を上げたときに、初めて「それ」が目の前にあるのに気がついた。

ミフルの胸の高さの壁に、何か文字が刻まれている。今では使われない形の、だが読むことの可能な時代の文字だ。

喉。

喉が――渇いた？

「ミシャカ、中を全部照らしてくれ」

剣を見つけたとき以上に胸が騒ぎ、咄嗟に命じると、すぐにミシャカがたてがみを炎に変え、中を隅から隅まで照らした。

『喉が渇いた。腹も減った。ここは寒い』

文字がすべて露わになる。内部を見回し息を呑む。

　思っていたより狭い洞窟の、ナシールがもたれていた壁には、彼が遺したのだろう言葉が、数行に亘《わた》って彫り込まれていた。

　書き方からしておそらく、これは遺言ではなくそのときの思いを単にぶつけただけのものだ。

　言わば、これは、ナシールが閉じ込められていた、彼が確かにここで生きていたという、証。

　ふと気になり、ナシールの剣を見ると、案の定先が潰れて丸くなっている。

　胃が竦んで鳥肌が立ってくる。剣で彫ったのだろうがどう考えても正気の沙汰ではない。水も食糧もないこんな場で、何よりもまず体力を温存するのが生存本能というものだ。

　しかし、傍観者の立場でそう考えていられたのも僅かの間だった。

　こんな閉所で、一人きりで、彼はこうして書くことでしか正気を保っていられなかったのだ。

　文の初めに急いで目をやる。それはやはりと言うべきか、王への恨みから始まっていた。

『あのジジイ、何がトウへの親書だ。一人で行けなんておかしいと思ったんだ。見てやがれ、ここから出たら必ず復讐してやる』

　焦りと闘いながら壁に顔を近づける。言葉の多くは罵倒で欠けた箇所もあり読みづらい。だが、空白を補いつつ進んでいくと、ナシールがここに閉じ込められた経緯が次第に明らかになっていった。

　それは概《おおむ》ねイザークが推理したとおりだった。

　トウの国へ行くよう言われたナシールは、砂漠でエルハム率いる左宰相家に囲まれた。ナシールはやはり強大な霊力の持ち主だったようで、謀反を恐れた王がナシールの殺害を指示、更には生まれ変わることができないよう、ナルビル山のこの洞窟に遺体を捨てることを命じたのだ。つまり、ここは監獄ではなくナシールの死体の捨て場所で、王の霊力つきの鍵も、小さな魔物がいたずらに扉を開けないよう用意されたものだったらしい。

だが、結局その鍵は使われなかった。

『もう何日経ったんだろう。エルハムはまだ来ない。喉が渇いた』

二人には何かしらの繋がりがあったのだろう。エルハムはナシールを助けるため、殺したふりをしてここに閉じ込め、王から預かった鍵ではなく、自分が用意していた鍵をかけた。命令に背けば一族皆殺しだと言われていたので、ほかの者の手前、仮にでも鍵をかけるしかなかったようだ。

襲撃は不意打ちだったようだが、戦闘中になんらかの方法でエルハムから計画を聞いたナシールは——その詳細は書かれていなかった——大人しく死体の振りをして閉じ込められ、ここでエルハムが来るのを待ち……待ち続けた。

『髪に血がついて赤く染まっている。これは俺の血なのか、それともほかの誰かのなのか』

髪が赤いというくだりで吐きそうになったが、こらえて先に進んだ。

『エルハム、どうして来ない。すぐ来ると言ったのに。もしかして俺はここで死ぬのか』

行を重ねるごとに文字が乱れていく。

ミシャカが脚衣を咥えて引っ張ったが、もう少し待てと手で制した。

『王家め、許さない。もしそうなら生まれ変わってでも必ず滅ぼしてやる』

浅い溝の埃を払う手が震える。事実が明らかになるたび胸がどくどくと脈打つ。

王家、復讐、エルハム。

文字は、書きかけのまま、ちょうどナシールの骨が崩れていたところで途切れていた。

最期の言葉を凝視したまま呆然としていると、ミシャカが髪を引っ張ってくる。急かされても仕方なかったが、もしもこれを読んでいなかったら、自分たちがナシールを消すのは不可能だったかもしれないと思った。

言い換えれば、今は、ナシールのことを倒す自信がある。

「分かった、ミシャカ、もう行──」

振り返ると同時に足を出す。ナシールを消すただ一つの方法を胸に思い描きながら。

しかし洞窟の入り口を見た瞬間だった。

ミフルは足を止めて瞠目《どうもく》した。

「ミフル、ここにいやがったか」

暗がりの中で竜の瞳が光っている。

いつ来たのか、そこには、背後にサイを従えたアデルがいた。


胴衣に包んだ骸とナシールの剣、小さくしたミシャカをミフルはすべて片手で抱えていた。もう片手はやむなくアデルの腰に回している。

アデル曰《いわ》く「ぶっ飛ばしている」ので、しっかり摑まっていなければ吹き飛ばされてしまいそうだ。

しかしその甲斐《かい》あり、瞬く間にロスタムたちが見えてきた。

――まさかサイに乗る日が来るとはな。

――俺だってお前なんか乗せたくねえよ。

イザークに向けて仕獣を飛ばし、ミフルの行き先を聞いたアデルは、応援に来た鳳凰たちにあとを任せ、ナルビル山までミフルを追って来た。イザークではなく自分がナシールを飲むために。飲んだらどうなるかも悟った上で。

洞窟に入って来るなり「骨を寄越せ」と怒鳴ったアデルに、ミフルは壁の文字を見せて「お前じゃ駄目だ」と説明した。すべて読ませるわけにもいかなかったので、かいつまんだ説明になったが、アデルが納得してくれたお蔭でこうして二人でサイに乗っている。

――お前、なんでそんなに俺のこと嫌いなんだ。もしかしてイザークのことが好きなのか。

イザークの代わりに骨を飲もうとしたアデルに、もしかしたらそうなのかもしれないと思った。アデルが兄弟以上の想いをイザークに抱いているのだとしたら、自分が憎まれていても仕方がない。

――はあ？　どんな好きだそりゃ。

アデルは振り向いて眉をひそめた。

――言っただろうが。お前のせいでうちはめちゃくちゃになった。お前がいなくなって兄貴は死ぬほど苦しんだ。ロスタムの尻尾がどうして潰れてると思う。お前のところに行くって暴れて、親父に柱に括りつけられたからだ。兄貴は抵抗して唯一動かせたロスタムの尻尾を床に打ちつけた。どれだけ血が出ても、何度肉が裂けてもな。そういう兄貴を知りもしないで、お前は自分だけがかわいそうだって顔してる。

黙っているとアデルは続けた。

――でも、そういう兄貴でも、ぴたっと抵抗をやめたことがあってなぁ。

何があったのだろうと思った。あの信念の塊のようなイザークを挫《くじ》けさせたこととは。

――とんでもねえ親父だったよ。俺の首根っこ掴んで持ち上げてな、「大人しくしなかったらこいつを殺す」と言いやがった。あのときの兄貴の顔は忘れらんねえな。

もうアデルは振り向かなかった。

――甘ったれんな。俺のせいなのかって、自分がいなけりゃこの人は自由になれたのかって、そうやって苦しんできたのはお前だけじゃねえんだ。

「着くぞ。準備できてるか？」

戦線は敵に押されて既に森を越え、都が視界に入る平原地帯に突入していた。あと少しでも後退すれば、民が暮らす田園地帯を荒らしてしまう。

「できてる。なんとかイザークに近づきたい」

「掴まってろよ」

サイが体を捻らせる。鳳凰が加わったことでより多くの炎が飛び交っていたが、サイはその間を器用にすり抜け、鼻頭がロスタムに触れる距離まで近づいて行った。

「イザーク！」

呼ぶと、未だナシールと剣を交わしていたイザークは、剣を受け止めつつミフルに向かって頷いた。

斬られたのか、左腕からは血が流れており、息も激しく上がっている。

「ミフル、よく戻った！　いつでも投げろ！」

ロスタムが大きく口を開ける。イザークの顔にためらいはない。

しかし、攻撃を避けるサイに振り回されながら、ミフルは声を振り絞った。

「違うんだ、お前じゃ駄目なんだ、イザーク！　エルハムだ！　エルハムじゃないとナシールは飲み込めない！　ナシールはエルハムを恨んでなんかいなかったんだ！」

「なんだって!?」

視線をイザークからナシールに移すと、ナシールも動きを止めてミフルを見る。

イザークが驚いたのと同じように、ミフルを驚かせたナシールの言葉が頭の中を駆け巡った。

『エルハム、もしかしたらお前は、俺を生かしておいたのがばれて殺されてしまったんじゃないのか』

恨みと憎しみのあとに書かれていたのは、迎えに来ないエルハムのことを案ずる言葉の数々だった。

『王家め、もしそうなら生まれ変わってでも必ず滅ぼしてやる。お前を殺したやつらを俺は絶対に許さない。いや、違うよな。お前は死んでなんかいないよな。お前は必ず来てくれる。エルハム、助けてくれ。俺にはもうここから出る力もない』

剣を下ろしたナシールの顔にもう笑みはなく、黒髪が怒気を孕《はら》んでゆらゆらと揺れている。

壁際に落ちていた剣と指輪を掻き抱きながら、ナシールに向かってミフルは叫んだ。

「そうだろう、ナシール！　お前はエルハムを信じていたんだろう!?」

ひどい渇きを覚えたときのように、喉が焼けつくように痛む。

苦しみながら、死ぬ間際に、彼はどんな思いで最後の言葉を刻んだのか。

『エルハム、本当に死んだのか。それなら俺も連れて行け。俺を一人にしないでくれ。エルハム、迎えに来てくれ。会いたい、会いたい、会いたい』

ナシールが凍《い》てつく瞳でミフルを見る。

「当たり前だろう。エルハムが俺を裏切るはずがない」

エルハム、お前に、会いた――。

「イザーク、エルハムを解放してくれ！」

自分がナシールの子孫だからか、それとも彼の痛みが分かるからか。

ナシールを倒すためではなく、彼の願いを叶えるために言うと、イザークが目を見開きミフルの瞳を凝視した。

交わした視線の間を見えない何かが行き交う。

その瞬間言葉にせずとも互いにすべてを理解した。

エルハムが自分の遺体を誰にも飲ませなかったわけを。彼がイザークに伝えたかった言葉を。

「エルハムとナシールを……二人を会わせてやってくれ！」

ミフルの言葉に先に反応したのはナシールだった。黒獅子がイザークから離れてミフルに近づいて来る。

「お前、気に入らない。エルハムの名前を気安く呼ぶな」

ナシールが剣を振り上げると、ミフルとナシールの間に素早くロスタムが頭を入れる。

「ロスタム、最大化しろ！」

そして、飛んで来た剣を払いながらイザークが叫んだ瞬間、ロスタムの体が恐ろしい速さで都に向かって伸びていった。慰霊塔を壊してエルハムの魂を解放するつもりなのだろう。

「ミフル、気をつけろ！」

ナシールの手から離れたからか、イザークに弾かれた剣は砂となって崩れたが、すぐに新たな魔剣が作られナシールの背後に浮かんでいく。魔力でできた剣は仕獣と同じだ。幾らでも出てくる。

無数に生まれたその剣が、一斉にミフルとイザークに向かって来る。

「ミシャカ、ロスタムの背中に乗れ！」

腕の中から飛び出たミシャカが体を大きくしてロスタムに乗る。両手が塞がっていてミフルは闘えなかったが、ミシャカに火を噴かせることはできた。

ミシャカが火炎で剣を焼く。ロスタムも水砲を噴射する。だが魔剣は防御の隙を見つけて矢のように飛んで来る。火でも水でも防ぎ切れない。体が大きい分だけ当たりやすく、どの竜も魔剣で突かれて流血している。

「サイっ……！」

避け切れず、剣の一つがサイの瞼を切り裂き、サイの口から銅鑼《どら》を打ち鳴らしたような轟音《ごうおん》が響いた。

「クソったれ……！」

アデルが瞼を押さえて唾を吐く。数多《あまた》の生きものと同様、霊獣にとっても目は急所の一つだ。

「アデル、ミシャカを最大化させる。それに乗ってお前はいったん引け！」

摑んでいたアデルの腰を離そうとすると、アデルが怒鳴った。

「うるせえ！　黙って乗ってろ！」

負けじとばかり、サイが水砲を黒獅子に放ち、それに重ねてロスタムが雷を打ち落とす。またもや攻撃はナシールをすり抜けていくが、周囲の魔物が盛大に焼け焦げ黒煙が上がる。

「もう、飽きた」

不意に魔剣が止まったかと思うと、ナシールが立ち上がり、それに合わせて黒獅子の体が一気に大きくなっていった。最大となったミシャカよりも大きな、羽の生えた黒獅子の咆哮が耳をつんざく。

ミフルは慄いて目を瞠りながら、これまでのナシールは本気を出していなかったのかと考えた。込み上げる恐怖を抑えられない。

もしも彼が今まで遊んでいただけだったとしたら、ここで彼を止めなければ一国どころか世界が終わる。

「イザーク！」

まだか、と思いながら彼を呼んだ。

あとどれだけ待てばいい。ロスタムの尾はどこまで行っているのか。

ミフルには見えない、分からない。

イザーク、お前にしか、この世を救うことはできない。

そう思ったとき、地鳴りのような声が響き、ロスタムが体を大きく波打たせた。ロスタムの背中を激しい雷光が駆け抜けていく。

「ミフル、慰霊塔を壊したぞ！」

イザークの声がミフルの中の焦りを吹き飛ばす。心に希望が戻ってくる。

「竜が……出て来た！　エルハムが来る！　ミフル、ナシールの骨を投げろ！」

遥か彼方の都を見た。ミフルに見えているのはまだ細い糸のような光だけだ。

だがイザークの言葉を信じ、骸の入った服を投げようと、手元に目を落とした一瞬だった。

「ぐうっ……！」

低い呻きが耳元で聞こえた。体に衝撃を感じて目を瞑る。

何が起こったのか分からず、瞬きながら目を開けると、大きな赤い鳥が羽を広げ、ミフルを正面から抱き締めていた。

「父……父上！」

鳳凰に乗った父が、微かに笑いながらミフルの肩に両手を乗せてくる。彼の背中には魔剣が――ミフルを貫くはずだった魔剣が深々と突き刺さっていた。

「よかっ……た。怪我《けが》は、ないか……」

「父上！」

父が目を閉じてもたれかかってくる。意識を失い落ちて行く鳳凰をサイが空中で受け止める。

「ミフル！」

父の体を抱き止め、天に向かって慟哭《どうこく》すると、こちらに翔けて来るイザークの姿が見えた。

彼が自分を呼んでいる。自分に向かって手を伸ばしている。

耐えられなかった。助けて欲しかった。

ただイザークのその手を摑みたくて、腕を伸ばして骸を握り締めていた指を開いた。

ミフルの手から零れたナシールの骨が、風に攫われ散っていく。

忽然《こつぜん》と現れた緑色の巨大な竜が、静かに口を開けてその骨を、そしてナシールが放った仕獣の残骸をも一つ残らず吸っていった。それとともに黒獅子の体が小さくなり、体から黒い瘴気が抜けていく。

黒獅子は徐々に灰色になり、最後には白になり、そしてその姿のまま、緑色の竜――エルハムの口の中へと消えていった。

獅子がいた場所には竜の頭があり、今、その上には、イザークによく似た男が片膝を立て、横たわった真っ白な髪のナシールを抱きかかえている。

「遅いぞ、エルハム。待ちくたびれた」

うなじの見える黒髪に手を入れ、ナシールが微笑む。

エルハムは何も言わずに微笑みを返し、ナシールの額にそっと優しく口づけた。

ナシールの目頭から涙が一筋流れ落ち、頬から零れる前に光の粒子に変わっていく。

まるで、風に攫われる金の砂のように、ナシールの体はさらさらと崩れて竜の口へと流れていった。

「ロスタム……飲み込め」

イザークがミフルの手を握りながら告げると、エルハムが立ち上がってひとときイザークと目を合わせる。微笑みを湛《たた》えたエルハムの瞳は穏やかだ。

静かにロスタムが口を開くと、瞼を閉じたエルハムと緑の竜は、自ら渦を描いて来世に向かって旅

立っていった。

いずれ、ロスタムはエルハムの遺骸も飲み込むだろう。

月に乗って天を巡り、いつか、エルハムとナシールが一緒に生まれ変われるように。

「ミフル、終わったぞ」

肩を抱いてきたイザークの胸に、ミフルは父を抱えたまま身を預けた。いつの間にか父の背中から剣は消えているが、まだ血は流れている。

「ミフル！」

視界が滲んで意識が遠のいていく。

もう二度と離さないように、イザークの手をぎゅっと強く握り締めた。

熱い風呂は好きだ。

凝り固まっていた筋肉がほぐれ、思考が休まり、渇いていた体が潤っていく。

岩山にいた頃も、特に涼しい夜には木桶《きおけ》に湯を張り温まっていたが、薪の火を使っていたあのときとは違い、宮殿には常に湯が回流する水路が敷設《ふせつ》されている。一階の大浴場のみならず、部屋の中にある浴室にも湯が汲み上げられるので便利だ。

顎まで湯に浸《つ》かりながら、軽く腕や首をさする。指先に多少の傷痕を感じるだけで、体のどこにも痛みはない。

ナシールとの闘いから二週間が経ち、体だけではなく心もまずまず回復していたが、それというのも父が一命を取り留めたからにほかならなかった。

あの日、父はアデルに、気を失ったミフルはイザークに連れられて宮殿まで戻った。目覚めたとき、ミフルは今と同じように湯に浸かっていて、裸のイザークの胸にもたれて優しく髪を撫でられていた。

半ば錯乱しながら確認したのは父のことだ。泣き出し、子供のように手足をばたつかせたミフルを抱き締め、彼はミフルが落ち着くまで「大丈夫だから」と言い続けてくれた。

――ミフル、大丈夫だ。お前のせいじゃない。大丈夫だから、お前はもうお前自身を許してやれ。

安心すると、また瞼が重くなり、ふたたびイザークの体に身を委ねたのを覚えている。

神秘的とも言える、深い安らぎの中でたゆたいながら、水音とイザークの鼓動に自分が癒されていくのを感じた。

三日後にはミフルもイザークも政務に戻り、暴風によって荒れた都やエルハムの慰霊塔の再建に勤《いそ》しんだ。

また、後日闘いの場からナシールの剣が出てきたが、魔力は感じられなかったため、錆《さび》を落としてエルハムの剣と一緒に慰霊塔に収められることになった。二人を隔てた、或いは繋いだ鍵も一緒に。

慰霊塔を壊したときを境に、イザークの頭痛は綺麗さっぱり消えたらしい。自分がミフルを想う強さと、エルハムがナシールを想う強さが同じで、だから自分の頭にエルハムの声が共鳴したのでは、というのがイザークの見解だ。

真相は確かめようもないが、ナシールの襲撃により、一つ明らかになったことがある。

王、並び王妃は、王家の先祖がナシール暗殺を命じたことを知っていたが、王は伝え聞いていたナシールの怨念を恐れ、それゆえミフルを追放したとのことだった。同じ獅子の霊獣を持っていたという、ただそれだけの理由で。

右宰相家の系譜を調べてもナシールの名前は出てこなかったので、どこかの時点で改竄《かいざん》されていたことも判明した。もしかしたら歴史というのは、多かれ少なかれ権力者の都合のいいように作られたものなのかもしれない。

とはいえ、事実を知り誰よりも嘆いたのは王子のファルンで、彼は泣きながらミフルに何度も「すまなかった」と謝罪した。

「あなたのせいではない」とファルンを宥めつつ、詫びるどころか自分の判断は正しかったと主張する王とは大違いだと思ったが、同時にミフルは、ファルンの中には父王のことを庇う気持ちもあったのだろうと思った。

王の態度に複雑な気持ちにならなかったと言えば嘘になる。母が死んだのは自分のせいだという思いがなければ――その気持ちを消すのは容易ではない――王に激しい憎しみをぶつけていただろう。

しかしミフルは何も言わなかった。王が恐れていたのがミフルが王妃や王子を襲うことだったというのも理解できたし、何より王が本当に冷酷であったなら、恩赦をせずに子供のミフルを殺していただろうとも思った。

それに、王への感情がどうあれ、宮殿に戻ることを選んだのも、このままここに残ることを選んだのもミフル自身だ。

母、ビザン、パンテア。大事な人たちを亡くした痛みは忘れられない。その痛みが完全に消えることは一生ない気もしている。

けれど、どれだけ嘆いたところで過去は戻らない。

きっと、誰もが、大事なのは今だけだと自分自身に言い聞かせ、ときが傷を癒してくれるのを待つしかないのだろう。

寝室と浴室の間は仕切り布で遮られている。

部屋の扉を開ける音が聞こえ、ミフルはもう一度頭から湯を被った。

オアシスから出てしまえば砂漠はいつでも渇いていて、思い返せば、いつも、水を求めていたように思う。

湯船から上がり、腰に布を巻いた姿で仕切り布を開くと、腕を組んで壁に背中をもたせかけたイザークがいた。「今晩来い」と金獅子に文を持たせていたので、窓ではなくちゃんと入り口から来たようだ。速いし、小回りもきくので、仕獣は狼くらいの大きさで使うのが気に入っている。

　ラクシュは隣の部屋で既にミシャカと寝ている。一度は父に預けたが、結局ラクシュが父の屋敷で寝たのはミフルが気を失っていた一日だけだった。ラクシュが作ってくれた粥《かゆ》を食べたとき、泣きそうになってしまったことは秘密だ。

「ミフル、訊きそびれていたが、これは俺のだな？」

　イザークが背を起こし、右手を胸の前に上げる。

　彼の手には、綺麗に洗い、枕元に置いておいた青い紐があった。

「そうだ」

「どうしてお前が持ってる？」

「拾った」

「どこで？」

　答えずに濡れた髪を掻き上げる。どこで拾ったかがそんなに大事なのだろうか。

「……まあいいが。それで、どうかしたのか？」

　来いと言った目的をイザークには伝えていない。見当もついていないようで、ミフルの裸を見ても彼は涼しい顔だ。

「ああ、ちょっと……どれだけ考えても分からないことがあって」

　話は完全に脇道に逸れていたが、すぐ行動に起こすのもためらわれ、窓際の椅子に浅く腰掛けた。

「ナルビル山の鍵だけど、あれ、やっぱりなんの霊力も込められていなかっただろう？」

「だったらどうしてナシールは扉を開けなかったんだ？　あれだけの力があったら自力で出られたはずなんだ」

「そうだな」

イザークは紐を握る手を顎に当てた。

「たぶん、としか言えないがな。エルハムが『ここで待て』と言ったからだと思う。お前が洞窟で読んだとおり、エルハムはナシールを助けるために『必ず戻る』と言ったんだろう。エルハムは王の命令に背いているからな、自分が勝手に外に出て姿を見られでもしたらそれこそエルハムが危なかっただろうし、だから、生きている間も死んだあとも、ナシールはエルハムの言葉を信じて扉が開けられるのを待っていたとしか思えない」

「つまり……ナシールを閉じ込めていたのは鍵じゃなくて言葉だったたってことか？」

イザークは頷いた。

「あいつと闘っていて思ったんだが、なんと言うか、子供と打ち合っているような気分だった。エルハムに会いたいから邪魔なものは排除する。でも俺と闘っていたら楽しくなったから遊び続けた。分かるか？　怖いくらいに純粋だったんだ」

不意に、以前ファルンが「美しすぎるものと無垢すぎるものは恐ろしい」と言っていたのを思い出した。

並外れた力を持つ分別のつかない子供。それほど怖いものがあるだろうか。

「もしかしたら……王家が恐れたのはナシールの無邪気さだったのかもしれないな」

「……かもな」

すべては想像でしかない。

けれどエルハムの言葉がナシールを閉じ込めていたというのは当たっているように思えた。言葉は人の心を縛る。子供の心は勿論、大人の心も。

「それを話したかったのか？」

イザークが柔らかく首を傾げる。

寄り道のつもりが、イザークとまた一つ忘れられない話をしたなと思った。

でも、そろそろ本来の道に戻らなければいけない。うかうかしていたら夜が終わってしまう。

「それだけじゃない……」

ミフルは立ち上がり、イザークに近づき、彼の前で歩みを止めた。

「お前、まだ俺に触りたいと思っているのか？」

念のため訊くと、イザークが怪訝そうな顔をした。

「当たり前だ。なんだ？　俺を試しているのか？」

揺らぎのない返事にほっとして、そっとイザークに体を寄せる。珍しくロスタムのいない背中に両手を回し、逞しい肩と、肩甲骨、腰の窪《くぼ》みを順に撫でた。

宰相服の上からでも、指先で感じる彼の体をはっきり頭に描くことができる。

彼の体はどこも鍛えられているが、特に腋《わき》の下から腰にかけての線が美しい。

予想していた反応と違い、彼は少しも動かない。いったん体を離して首を傾け、瞼を閉じてイザークの唇に自分の唇を触れさせた。

一度、二度、もう一度。

初めて触れたイザークの唇は、温かくて柔らかくて、でも乾いている。

尚も動かないイザークを不思議に思い、目を開けると、彼は険しい顔をしていた。

「これは、パンテアを飲み込んだ礼か？」

驚いてイザークを凝視してしまう。

想定外だ。どうしてそうなる？　なんのための確認だ。

「礼？　違う、そうじゃなくて……なんだ、俺はまた間違えたのか？」

イザークから手を離して俯く。順調に歩いていたはずなのに途端に迷子になった。

どうすればいいのだろう。こうすれば伝わると思ったのに。

「パンテアを飲んでくれたことは感謝している。お前にしかあんなこと頼めなかった。でも、これはそのことに対する礼じゃない」

パンテアの亡骸は闘いの翌日ロスタムに飲んでもらった。国の滅亡をもくろみ、イザークの首飾りを盗んだ女性ではあったが、ミフルにとっては子供の自分を生かしてくれた人だった。

イザークは嫌な顔一つせず「お前の恩人なら俺にとっても恩人だ」とミフルの願いを聞いてくれたが、ミフルが「彼女の罪は自分が償う」と言ったときだけ「ややこしくなるからやめてくれ」と顔をしかめた。

すぎた自己犠牲は誰のためにもならないと。

考えた末、イザークの言葉に納得し、パンテアのことは二人の胸だけにとどめておくことにした。

その実、それによって過去の自分に区切りをつけて、だから、今の行為も決して礼や自己犠牲などではなかったのだが――。

「俺は、今まで誰かに幸せになって欲しいと思って、でも、何をしても結局……いつもうまくいかなかった。だから、何が正解なのか、正直もう自信がない」

一瞬だけ目にしたイザークは、真剣な眼差しでこちらを見ていた。

「でも、お前は俺を好きだと言っていたし、いや、違う、お前のためってわけじゃなくて。お前は俺に触りたいと思っていて、それで俺もそう思ったから……だから、こうすればいいんじゃないかって」

うまく言葉が紡げない。どうしてこんなに難しいのだろう。

ただイザークを喜ばせたいだけ、喜ぶ彼の姿を見て、彼とここにいるのを感じたいだけだ。

「お前が俺に触りたい？」

紐を握るイザークの指がぴくりと動く。

ミフルは額に拳を当てた。

「お前が、想ってくれているのと同じように想えているかは分からない。でも、お前の手を離したくないと……お前を、抱き締めたいと、思った」

イザークの溜息が聞こえる。

不安になって顔を上げると、イザークが涙袋を震わせていた。

「ミフル……お前に触れてもいいと言ってくれ」

思いもよらない言葉に、さすがに首を傾げる。

「お前、俺の言うこと聞いてたか？　一緒に風呂まで入ったのに何言ってるんだ？」

「あれはただの手当てだろう。いや、逃げられてた期間が長いからな……うまく現実が呑み込めん」

イザークの瞳が期待と不安に揺れている。

確かに逃げ続けていたので、彼が不安になるのも無理はないように思う。

だが、その瞳を見ているうちに、胸の奥に閉じ込めていた切ない記憶が呼び起こされた。

岩山で膝を抱えて待っていたのはナシールだけじゃない。

イザークにはイザークの思いがあったように、ミフルにだって幾度も誰にも言えない夜があった。

「何が……俺のことを知っている、だ」

イザークの胸を拳で叩く。

「お前は俺のことを何も知らない。毎年来るお前に俺がどんな気持ちになってたか。俺なんかに会いに来て大丈夫なのかって、だけどまた来年も来てくれるのかって、来てくれなかったら、どうしようって……お前を待ってた俺のことを、お前は、何も……っ……」

息をついた一瞬だった。

両手で頬を摑まれ唇を塞がれた。

ミフルの唇を潰し、捲《めく》り、こじ開けてくる肉厚の舌が濡れている。イザークが頬で頬をこするせいで、冷たい髪が乱れて二人の頬に張りついていく。冷たいところと熱いところ。激しいその差に眩暈《めまい》がする。

「ミフル……今のがお前の『許す』なんだな？」

イザークが頬を手で包んだまま額に額を押しつけてくる。

熱い息を漏らす唇をミフルは自分のほうから求めた。

もっとだ。全然足りない。

まだ濡れていないところがある。

イザークの指がミフルの肩に食い込む。ミフルは息を荒らげながら、黒髪の中に両手を入れた。

「お前だけだ、イザーク」

ミフルの心を怒りで燃やし、寂しさで凍えさせ、深い安らぎで満たした男。

渇いていた砂漠の夜に、遠い月を見ながら思い出した、青い一滴。

「こうするのは、あとにも先にもお前だけだ」

渇いていた喉を潤すように、舌を絡めて唾液を奪う。舌を甘く噛まれて腰の筋肉が張り詰めた。

満たされていく。喜びが溢れてくる。なのに胸が苦しい。

「ミフル……おかしくなりそうだ」

イザークが両手でミフルの腰を抱き寄せ、瞳を互いの屹立《きつりつ》に落とす。腰の布は既にほどけていたが、落ちることなくミフル自身に掛かっており、宰相服の隆起がそこを押し上げると、薄い布の色が変わってミフルの形が露わになった。

首筋を吸われながら寝台に連れて行かれ、優しい力で押し倒される。

長い上着を脱ぎ、ミフルを跨いで膝立ちになったイザークの瞳に余裕はない。

飢えている。渇いている。獰猛《どうもう》にミフルを求めて。

イザークの手の中から青い紐が出てきたのはそのときだ。

彼はミフルを見下ろしたまま、荒く動く胸の前で紐を左右に強く張った。

「おい、何、イザークっ……」

ミフルの両手を頭上に留め、重なった手首をイザークが縛る。

「闘いの前にお前はどこに行っていた？　どこに行くつもりだった？　言ったはずだ。ことと次第によっては本当に縛ると」

「もう、逃げな……ん……」

唇で言葉を封じられる。左手で手首を摑まれたまま、右手で胸を撫でられた。

手のひらの中心で乳首を転がされる。円を描き、手首の近くで押し上げられ、五指で筋肉を揉《も》みほぐされる。

「あうっ……」

乳首をつままれ腰が跳ねた。乳首を優しく弾きながら、ミフルの口から唾液を舐め取り、イザークが乞うような瞳で見つめてくる。

「ミフル……許せ。今お前に逃げられたら俺は死ぬ」

縛られた手から力が抜けていく。

抵抗できるはずがない。

イザークの言葉は、罠《わな》だ。

ミフルを捕らえ、縛り、閉じ込めて離さない甘い羂。

ほどけるはずなのにほどけない。もうずっとイザークに囚《とら》われている。

きつく絡み、消えない痕を残す縄のような、この気持ちに彼も囚われているのだろうか。

イザークの舌がミフルの乳首を愛し始める。舌先でつつかれ肌が粟立《あわだ》った。知らなかった。舌はときにこんなにも硬くなる。

上下になぶられ背筋がしなった。上げた腕に顔を埋め、唇を嚙んで声をこらえる。吸い上げられ、乳首を嚙まれ、たまらずイザークの背中に両足を絡みつかせる。

「気持ちいいな?」

上目で見てくるイザーク。うっとりと夢見るような微笑みの暴力。頭の芯が焼け焦げる。

「う……っあ……」

舌が乳首から離れ、息をついた隙に、腋を舐められ顎が上がった。全身を舐める気なのか、イザークは耳朶《みみたぶ》を、腰骨を、膝の内側を舐めていく。

「お前の体が好きだ」

右の外くるぶしに口づけたとき、不意にイザークが囁いた。

「衆生をすぐに救いに行けるように――そういう理由で俺たちには半跏が課されているがな。人が見ていないところで楽する霊獣使は多いものだ。だが、お前のここは硬くなっている。一人のときでもお前が姿勢を崩さなかった証拠だ。習慣は体に現れる。俺はミシャカを愛しているが、お前が積み重ねてきた日々が刻まれたこの体も愛している」

音を立ててくるぶしに口づけられ、我に返って足を引いた。汗が全身から噴き出す。ほかのどこに口づけられたときより恥ずかしい。

「お、お前の体だって似たようなものだろうっ」

「俺は人前に出てるほうが多いからな。今はともかく、過去のお前と俺とじゃ事情が違う」

「もう、そこやめろっ……」

身をよじって訴える。口では反抗しながら、口づけられるたびに自分自身が蜜を噴くのがいたたまれない。

イザークはミフルの足をがっしりと抱えて口づけをやめない。歯を立ててくるぶしに噛りついてくる。果実か何かになったみたいだ。イザークに舐められ、貪られ、蜜が奥から沁《し》み出てくる。

「イ……ザ……イーザ、頼む、もう……」

そうするつもりはなかったのに、声が甘えるように鼻にかかった。

そこはもういい。ほかのところにお前が欲しい。分かっているのにほったらかすな。

イザークが足を放し、ミフルに体を重ねて頬を撫でてくる。

深く口づけられ、舌で応えると、イザークが溶け落ちそうに目を細めた。

「可愛いな、ミフィ」

一瞬体が固まり、顔が更に熱くなる。

「なんっ……なんでその名前で呼ぶんだ。子供のときの呼び方だろう！」

「お前がイーザと呼ぶからだろう。だから俺も昔と同じように呼んだだけだ」

「口が滑っただけだ！」

「好きだぞ、ミフィ」

突如、その言葉に古い記憶が呼び覚まされた。

――僕もイーザが大好き！　僕、どうしてイーザの弟じゃないんだろう。弟だったらずっと一緒にいられるのに。

――でも、ミフィ、弟だったら結婚できない。

――結婚したらずっとイーザと一緒にいられる？　僕、イーザと結婚できる？

――……できる。

勘弁してくれ。

なんだって今こんなことを思い出すんだ。

「ミフィ、大丈夫か？　真っ赤だぞ？」

「くそっ、馬鹿、お前もう黙れ！」

縛られた両手を振り下ろす。それはそのまま笑うイザークの首に掛かった。

イザークの首を引き寄せ腰を押し当てる。

「もう黙れ……」

「黙ろうな？」

唇を合わせて互いを通わす。イザークの想いが口を通して流れてくる。

ああ、そうだな、イザーク。

俺もお前だけだった。

「イ、ザ……っあ……」

大きな手に陰茎を握られ息が止まる。

愛液を茎の根元まで塗り広げ、イザークは先端の窪みを優しい力で捏ね回した。ミフルが腰を揺すると、嬉しそうな笑いを零し、イザークがミフルを規則的にこすり始める。安寧をもたらす強弱。陰《いん》嚢《のう》への予期せぬ襲撃。イザークだから目を閉じていられる。

首に掛かったミフルの腕を外し、体を下げたイザークは、勃《た》ち上がったミフル自身に口づけをした。乳首をなぶったときのように、硬くした舌先で先端の切れ目を割り広げ、同時に乳首の一つを指先であやす。

抑えようとしても声が漏れる。胸の尖りを強くこすられた。笠の返しを捲られたあと、亀頭に舌を張りつけられる。

イザークの口の中に迎えられ、粘膜を包む熱さに危うく果てそうになった。

背を丸め、曲げた両足でイザークの頭を挟む。気持ちよすぎて体が震えて、やめて欲しいのにやめて欲しくない。

腹の奥で火が燃える。

喉が、渇く。

「ずるいぞ、イザーク……お前のも寄越せ」

イザークが上目で微笑み、喉の奥からミフルを引き出す。

彼は上着を脱いだだけで、まだ全身に服を着ていたが、体を起こすと彼自身も強く昂《たかぶ》っているのが分かった。

「食いちぎられそうだな」

「怖いか？」

「ぞくぞくする」

イザークが体の前で腕を交差させ、胴衣の端を指でつまむ。少しずつ露わになっていく胸の筋肉や、腋から腰にかけての線は、やはり信じられないくらいに美しかった。

服を頭から抜いたときに、遅れて服から零れる黒髪も綺麗だ。

下衣も脱いで全裸になり、イザークはミフルの隣に体を横たえた。勿論、ミフルもイザークを愛せる形で。

イザークがふたたびミフルを口に含む。イザークの真似をして、ミフルも口いっぱいにイザークを迎え入れた。

手首を縛られたままなので、交差した両手の小指側でイザークを支えたが、イザークのように喉の奥まで入れられない。うまく頭も動かせなかったが、自由にさせてくれない重さと熱さが愛おしく、せめて必死に舌を動かし、仰向《あおむ》けになったイザークの体に自ら進んで乗り上がった。

陰囊を吸われてミフルが身をよじると、イザークが口の中に自身を突き入れてくる。

「どうなってるんだ……お前の体、なんでこんなに甘いんだ」

ミフルが漏らすとイザークが反り返る。切れ目から滴る雫《しずく》を舌で掬う。

「お前のも最高にうまいぞ」

吸われながら尻を撫でられ、激しく内腿が痙攣した。

夢中でイザークの芯を味わっていると、イザークが後孔に触れてくる。唾液かミフルの先走りか分からないが、しっとりと濡れた指で訪《おとな》うように襞《ひだ》を叩かれたので、何も言わずに彼の好きなようにさせておいた。

なんだっていい。イザークがいるだけで。

指が少しずつ中に入ってきて、緩やかに抜き挿しされる。違和感より気持ちよさが勝ってミフルの口から喘《あえ》ぎが零れた。内壁が指を締めつける。入り口から抜ける節にしがみつき、肉が淫らに捲れ上がる。

ミフルが快感を示したからか、指はすぐに大胆に動き始めた。

指をひねられ、火を熾《おこ》すようにこすられ、二本の指を別々に動かされて中を広げられる。

「は、んっ……」

指先で開かれた窪みに舌を差し込まれて、ミフルはこらえ切れずに口から昂りを離した。

「イザーク……」

イザークの指が体の中にある、不思議。

仕獣を操るあの指が、舌が、体内にあると思うと、自分も中から綺麗になっていく感じがする。

「イザーク」

もう一度、呼んだ。

イザークがミフルの下から出て、うつ伏せになったミフルの足の間で膝立ちになる。腰を摑んで尻を上げられ、窪みに濡れた屹立を押し当てられた。

「痛かったら言え。加減できるか分からない。初めてだからな」

意外に思ったが、そりゃそうかと納得した。

「遠慮なく言うし……俺も同じだから安心しろ」

これまで考えたこともなかった。

誰かと体を繋げることなど。

己の弱点を曝し、無防備な姿を見せることなど、自分の人生には決して起こらないのだと思っていた。

「あ……つう……」

そうしなければ入らなかったのか、イザークが反動をつけて先端を埋めてくる。ミフルが体を強張らせると、イザークが動きを止めて、荒く息をついているのが中から伝わってきた。

うなじに優しく接吻《せっぷん》される。癒すように、何度も。

「イザーク……大丈夫だから、もっと……」

わざと腰を揺らしてイザークを煽った。彼が自由に動けるように、できるだけ体の力を抜く。

イザークが腰を進めてくる。少し引き、また進みを繰り返し、ミフルのすべてを埋めていく。

唇を閉じて額を寝台に押しつけた。熱い脈動が内壁を震わせる。

イザークのいるところが疼く。イザークを締めつけ早くしてくれとせがんでいる。

「動くぞ」

「んうっ……」

ミフルの腰を両手で摑み、イザークが腰を振り立てた。小刻みに揺すられイザークの形を教えられる。ぎりぎりまで抜かれ、最奥《さいおう》を貫かれると、つむじから背筋に細かな痺れが駆け抜けた。

縛られた両手で頭を抱える。それでも聞こえてくる交合の音が切ない。

好きだ、好きだとイザークが全身で叫んでいる。

狂おしい。たまらない。

なんだってこんなに可愛いんだ。

「イザーク……これ取ってくれ」

不自由な体勢でイザークを振り返る。イザークの動きに合わせてミフルの手首も揺れる。

「これじゃお前のこと抱き締められない」

一度繫がったことで安心したのか、イザークはミフルを仰向けにすると、言われたとおりすぐにミフルの手首をほどいた。向き合う形でふたたび体を繫げ、右の手首に唇を落とす。

「ミフル……愛している」

ミフルはイザークの背中に両手を回し、首筋に顔を埋め、彼の匂いを胸の奥まで吸い込んだ。

気持ちがいい。知っている。

これは海の匂いだ。

「イザーク……イーザ」

「ミフィ……」

溜息にも似た、優しい水音を鼓膜に注がれる。

イザークはさざなみのように体を波打たせたが、それはすぐに荒波となってミフルを甘く溺《おぼ》れさせた。

イザークの肌の弾力。汗の味。

歯形をつけて自分を残した。

両方の乳首をつまみながら、イザークが激しく突き上げてくる。

ロスタムはいないはずなのに、自分の上で体をしならせる青い竜の姿が見えた。

イザークが彼のすべてで、魂を使って自分を抱いているのが感じられる。

快楽を伝える低い唸りがイザークの口から零れる。

与え、与えられ、信頼する相手と溶け合う心地よさが体を包む。

もっと深く一つになりたい。

溶けて、このまま混ざり合えたら、どれだけ幸せだろうか。

イザークがミフルの右手を取り、ミフル自身に誘導した手に自分の大きな手を被せてくる。イザークの律動に合わせてミフルは自身を駆り立てた。

視界で光が弾けていく。

「お前、俺より絶対先にいくなよ」

「なんだって？」

額から汗を滴らせ、眉根を寄せるイザークに言った。

「俺より絶対先に死ぬな。お前のことは俺が守ってやるから、だから、俺が死んだらお前が俺を飲み込んでくれ」

イザークが吼えた。

「お前、今それを言うか」

「仕方ないだろう。死んだら言えない」

「ミフル……お前はひどいな」

イザークが苦しげに目を瞑る。高く遠くに昇りながら。

「だが安心しろ。お前は必ず俺が飲み込んでやる。お前をほかのやつに飲ませるなんて、考えただけでブチ切れそうだっ」

ミフルは安心して己を解放した。

微笑む眦から涙が落ちると、それを追いかけ竜が天へと翔けていった。

ミフルをその背中に乗せて。

海の匂いに包まれながら、ミフルは心で語りかけた。

いつか一緒に月に行こう。月に乗って天を巡ろう。

そこから二人で見る景色は、きっと何より美しい。

寝台の端に腰掛けラクシュを覗き込む。

「ん……ミフル、おはよう。もう時間？」

ミフルが頭を撫でると、暗がりの中でまだ眠たそうにラクシュは目をこすった。

「おはよう。時間だけど、ロスタムに乗ったら寝てていいぞ。俺が支えるから」

「大丈夫だよ。昨日早く寝たし。ああ、イザーク様、おはようございます」

最初の日こそ驚いていたが、ラクシュの寝起きの際にイザークがいるのももう五度目になる。ラクシュは起き上がると、すっかり慣れた様子でミフルの後ろに立つイザークに挨拶をした。

「おはよう、ラクシュ。よく眠れたか？」

「はい、ちゃんと眠れました」

「じゃあ準備ができたら行くか」

ラクシュが頷いて顔を洗いに行く。その間にミフルは寝台を整えラクシュの着替えを籠から出した。

あとほかに何かあるだろうか。朝食はイザークの母が用意してくれるらしいので、ラクシュには水を飲ませるだけでいいだろう。イザークとミフルの支度は整っているし、残すはミシャカを小さくすることくらいか。

「ミシャカ、今日はイザークの胸だ」

ラクシュが途中で眠くなるかもしれない。彼を支えることを考えると、最初からミシャカを預けておくほうが安全だ。

寝台に伏せていたミシャカがすぐに起き上がって小さくなる。イザークに飛びつくミシャカは誰が見ても分かるくらい生き生きとしている。

　しかしミフルは声を上げずにいられなかった。

「ミ、ミシャカ！　イザークを舐めるな！」

ミフルの声などものともせず、ミシャカはイザークを舐めるのをやめない。

頬、顎、唇。

昨晩ミフルがしたのとそっくり同じに。

片手で口を覆う。魂の素直な――素直すぎる――愛情表現に、ミフル自身戸惑うばかりだ。

自分はこんな風なのだろうか。

嬉しそうに腹を見せたり、撫でられてごろごろと喉を鳴らしたり？

「俺は嬉しいがな？」

考えたくない。

イザークがミシャカを撫でながら微笑むと、ロスタムがミフルに近寄って来る。

ラクシュが戻って来た。

「あれ？　ロスタム、なんでミフルに巻きついてるの？」

「ラクシュ……着替えようか」

ここは早く行くしかないと、ロスタムに抱かれたままラクシュを促した。

太陽はまだ昇っていなかったが、都に出ると少しばかり明るくなっていた。広場では朝市に向けて、商人たちが既にきびきびと働いている。

ミフルたちが頭上を飛ぶと、民が下から手を振ってきた。

「イザーク様、おはようございます」

「ミフル様、ミシャカ様、お気をつけて！」

どんな噂がされたのか、ナシールとの闘いのあとから民はミフルを怖がらなくなり、それどころか写し絵を描いたり曲にしたりと、崇《あが》め奉《たてまつ》る者まで出て来る始末だった。

ミシャカが受け入れられたのはともかく、あまり嬉しくない。

「ミフル様！　大霊獣宰相様！」

そう思いながら声のほうを見て、ミフルは唖然とした。

「あいつ、俺のこと大悪党って言ってたけどな」

ミフルに手を振っているのは、宮殿に戻る前に砂漠から都に連れて来た男だった。

「悪党って言われるようなことしたんじゃないのか？　縛るとか」

イザークが笑う。

「したな」

しれっと答えたものの、目隠しもしたというのは言わなかった。言えば絶対ろくなことにならない。

イザークは楽しそうに言った。

「人なんてそんなものだ、ミフル。状況次第でころっと簡単に意見を変える。本当のことを知っていようがいまいがな。今日は右、明日は左、毎日毎日自分を守るために大忙しだ」

「人なんてそんなもの、か……」

ついミフルは嘆息したが、イザークはまた笑った。

「可愛いじゃないか」

ロスタムが速度を上げる。

岬に着いたときには太陽の頭が見え始めていた。

ミフルたちは夕陽を見たときと同じように、ロスタムの背中に横一列に並んで夜が明けていくのを静かに眺めた。

ミフルの赤い髪が、海からの穏やかな風を受けて揺れる。

髪を掻き上げると、ふと、洞窟に遺されていたナシールの言葉が頭に浮かんだ。

血を浴びて赤く染まったというナシールの髪。ナシールの子孫である自分。

彼の生まれ変わりではないにしても、彼の怨念が自分を生んだのではないかという思いは、ナシールの髪が黒ではなく白だったと知ったときにより強くなった。

鮮血は白い髪を真っ赤に染めただろう。その色はミフルの髪の赤さとよく似ていたはずだ。

あれほど強いナシールの念が、ミフルに引き継がれていたとしても少しもおかしくはない。

けれど、考えた末、それはきっと偶然なのだと自分に言い聞かせた。

すべてを悪く捉える必要はない。何かほかに見方があるはずだ。

何か、きっと、自分が見方を変えれば。

「なあ、イザーク、そうだろう？」

胸のうちを何も明かさず語りかける。

答えが欲しいわけではなく、ただ彼がそこにいるのを感じたかった。

「ああ？　そうだな？」

不思議そうに、でも彼が頷いてくれる、それだけで充分だ。

そう思っていると、イザークが柔らかく微笑んだ。

「ミフル、月を映したお前の髪も綺麗だったが、やはりお前の髪には朝日が一番映えるな」

何も言葉が出てこない。

「お前の髪は朝日と同じだ。トーサル殿とサラ様の鳳凰と同じ色だ」

あ、本当だ、とラクシュがミフルの髪に触れてくる。

僕の髪もお母さんと一緒かな、と呟く肩を抱き寄せ頷いた。

「ミフル？　泣いてるのか？」

イザークは瞬くばかりだ。今自分が何をしたか知りもしないのだろう。

「惚れ直したか？」と言われるのも癪《しゃく》なので、当分教えてやる気はないが。

「泣いてない」

ミフルはイザークを横目で見ながら口角を上げた。

波の音が心を癒し、潮がすべてを浄化していく。

「笑ってんだ」

赤い光が水平線から空に向かって羽ばたいていく。

応えて微笑むイザークの顔を、昇る朝日が照らし出した。

リンクスロマンスノベル

# 熱砂の相剋 ～獅子は竜と天を巡る～

2023年12月31日 第1刷発行

著　者　戸田《とだ》環紀《たまき》

イラスト　小山田《おやまだ》あみ

発行人　石原正康

発行元　株式会社 幻冬舎コミックス
〒151-0051 東京都渋谷区千駄ヶ谷4-9-7
電話03（5411）6431（編集）

発売元　株式会社 幻冬舎
〒151-0051 東京都渋谷区千駄ヶ谷4-9-7
電話03（5411）6222（営業）
振替 00120-8-767643

デザイン　藤井敬子（ARTEN）

印刷・製本所　株式会社光邦

検印廃止

／ISBN978-4-344-85351-5 C0093／Printed in Japan
幻冬舎コミックスホームページ　https://www.gentosha-comics.net